文学馆

林贤治 主编

我坐在大地上

希克梅特诗选

〔土耳其〕纳齐姆·希克梅特 著

非马 等译　周良沛 编

SPM
南方传媒 ｜ 花城出版社

中国·广州

图书在版编目（ＣＩＰ）数据

我坐在大地上：希克梅特诗选 ／（土）纳齐姆·希克梅特著；周良沛编；非马等译. -- 广州：花城出版社，2020.7（2023.10重印）
（文学馆 ／ 林贤治主编）
ISBN 978-7-5360-8900-6

Ⅰ. ①我… Ⅱ. ①纳… ②周… ③非… Ⅲ. ①诗集－土耳其－现代 Ⅳ. ①I374.25

中国版本图书馆CIP数据核字（2019）第197629号

出 版 人：张　懿
责任编辑：张　旬
技术编辑：凌春梅
装帧设计：林露茜
制作总监：蒋　波
发行总监：田峰峥

书　　名	我坐在大地上：希克梅特诗选
	WO ZUO ZAI DADI SHANG：XIKEMEITE SHIXUAN
出版发行	花城出版社
	（广州市环市东路水荫路 11 号）
经　　销	全国新华书店
印　　刷	北京通州皇家印刷厂
	（北京市通州区张家湾镇皇木场村）
开　　本	880 毫米×1230 毫米　32 开
印　　张	8.25　2 插页
字　　数	170,000 字
版　　次	2020 年 7 月第 1 版　2023 年 10 月第 2 次印刷
定　　价	45.00 元

如发现印装质量问题，请直接与印刷厂联系调换。
购书热线：020－37604658　37602954
花城出版社网站：http://www.fcph.com.cn

希克梅特

Çin halkıyla Mao tse-dun,
yurdunun hürriyyet ve
milli bağımsızlığı için
dövüşen her Türkün yüreğindedir

Nazım
1952-Pekin

希克梅特手迹：

诗人一九五二年访华所题之词：

中国人民和毛泽东常在每个为和平而斗争的土耳其人的心里。

书　前

周良沛

纳齐姆·希克梅特（Narim Hikmet，1902—1963）是世界现代诗坛的一座高峰，一部诗的传奇。

海外有包括希克梅特在内的"世界三大诗人"之说，不知出自何处，但称希克梅特为有他广泛国际影响的"大诗人"，当是没有疑义的。

传说中的三位诗人，包括西班牙内战死于长枪队的费德里柯·加西亚·洛尔迦（F. Garcia Lorca，1898—1936）；再有就是经历过长期监禁，死于突发心脏病的希克梅特；还有曾是国会议员，遭到反动政府迫害，长期在智利政局的动荡中逃亡，后来在智利的一场政变后去世的巴勃罗·聂鲁达（Pablo Neruda，1904—1973）。他们都出生在人口不多、土地有限，除西班牙语外，语种分布面积都不大的国度。在他们当中，聂鲁达与洛尔迦生前有私谊，与希克梅特也是相见恨晚，像聂鲁达所说的，都是"属于我们穷人"的人。他们的诗，也都是为自己的祖国和人民摆脱奴役、压迫，寻求解放的沥血之作。

希克梅特《在哈米达王的时代》中写道：

在哈米达王的时代
我的父亲在也门
服务不到十年时光，
他是高级的官吏，总督的儿子。

我背叛了我的阶级，成了共产党员，
我所服务的地方就是监狱，
在这奇妙的土耳其共和国时代，
我在单身牢房里坐了九年。

我这职务虽然不是自愿，
却也用不着抱怨，
我的职务不过是爱国者的天职，
谁也不知道还有多长的期限。

这不是他最好的诗，却有着对他自己最确切的说明。在一次大战前，也门尚属土耳其帝国的属地，他的祖父，那位"总督的儿子"的父亲，是奥斯曼帝国时期数省、同时是萨洛尼卡最后一任省督。他那位"高级的官吏"的父亲是外交官，曾任驻汉堡领事、新闻出版署署长。在那封闭的帝国，母亲是以音乐和法语素养见长的才女，外祖父也是著名的语言学者和教育家。从个人的教养来讲，书香门第对他的学业和诗歌创作而言，是可遇不可求的催进。作为官僚家族的富家子弟，家庭的社会地位和物质生活条件可以完全让他成为一个游手好闲、高端消费的纨绔子弟。然而这位少年没有堕落，而是背叛了他所属的阶级。当自己的城市遭遇外国军队的占领时，他的诗开始显露出它的锋芒。一首歌颂海员英雄主义的篇章被海军部长见到以后，他立即被邀到海军学校学习，随后加入水兵们的革命行动，反抗英、美、意的军队占领伊斯坦布尔，因此被学校开除。这个十八岁的青年，投笔从戎，以圆他的英雄梦。他用诗歌为武器，丝毫不逊军人的刀枪，他号召伊斯坦布尔青年为民族解放而战的英雄誓言，产生意想不到的强烈反响。土耳其国父凯末尔接见了他：3"现在一些青年走上写内容空洞的所谓现代诗的歧途，我建议你们写目的明确的诗歌。"百年前的一位封建国君关于诗的这句话，至今也仍有它的现实意义。

　　一九二一年，他在博户短暂几个月的教书生活，应该是他筹划下一个行动的过渡时期。年初，他在安卡拉结识了来自德国的土耳其学生，接触到社会主义学说，它倡导以共同的斗争推进自己民族的解放。九月，他毅然决然地前往苏联，对于这位旧官吏的子弟而言，这可谓是脱胎换骨的变化。今天，苏联的解体不论有多少教训要总结，它都不应成为对十月革命道路的否定，而是对背离科学社会主义原则和精神的否定。当年，十月革命的炮声是新世纪的曙光，人类解放的希望。马克思（Karl Marx，1818—1883）、恩格斯（Friedrich Engels，1820—1895）在一八四八年的《共产党宣言》中写道："在阶级斗争接近决战的时期，统治阶级内部的、整个旧社会的瓦解过程，就达到非常强烈、非常尖锐的程度，甚至使得统治阶级中的一小部分人脱离统治阶级而归附于革命的阶级。"希克梅特如此坚决、果断、勇敢地往这里走，也是真正地"背叛了我的阶级"。在我国的"五四"时期，许多青年反对封建礼教，背叛自己的家庭，是很普遍的现象。一个时代能如此，那是一个时代的伟大。

他到苏联后，进入莫斯科东方劳动大学攻读政治经济学，学习法文、物理及化学。他既埋头于功课，也活跃于课外活动。他写诗、朗诵诗，在莫斯科"黑猫电影院"导演他自己编写的土耳其戏剧。同时，与"苏维埃时代最优秀的、最有天才的诗人"马雅可夫斯基（В.В.Маяковский，1893—1930）交往，结识同学中的中国朋友——时称埃弥·萧的萧三。三十年后——一九五一年十一月十七日，在布拉格卡洛林那大礼堂授予希克梅特"国际和平奖"的盛典上，正是萧三出面对他做详尽的介绍。当初在莫斯科分手后，他在一张外国报纸上读到萧三为中国革命牺牲，被刽子手蒋介石砍了头，随即写了一首让许多土耳其青年为之流泪的长诗《蒙娜丽莎与萧》。不想二十七年后，他同诗中悼念的"死者"再次相见，不约而同地唱出"还是那颗头颅，还是那颗心"，成为诗坛的佳话。

希克梅特从阿布杜拉·迷哈达的极端暴君专制，以及疯狂迫害进步人士的基鸿尔政权的黑暗中，来到另一个与之完全不同的世界，为自身思想沐浴。家庭和社会生活之间强烈的反差，让他无法不意识到作为一个富家子弟的"原罪"并因而感到内疚，在一个全新的环境里，铸造一个全新的自己。在后来长期监禁的苦难中，他刚毅、坚忍、百折不挠的斗争事迹，简直令人难以置信。

一九二二年，希克梅特加入共产党。一九二四年，他在莫斯科出版了第一部诗集《一月二十八日》，同年回到土耳其。他的所言，所行，所写，都在他的热情和天才中，爆发为鼓舞人心的人民解放的力量。他编辑一份《光明杂志》，鼓吹革命斗争，这就注定了他要成为当局的死敌。反动派不停地跟踪、监视、迫害他，封闭他的杂志，查禁他的书，他不止一次地遭到拘捕，被投入监狱，甚至被押上军事法庭。因为法律不能判三十年，有次判决是二十八年六个月又五天，多次的判决，前后合计达六十五年之多，直至死刑。他七十多岁的老母，手举"要求释放我儿子"的纸标站在伊斯坦堡的大桥上，警察一再驱散人群，来人却越来越多，仅仅四十五分钟之内就有三四千人签了名，且都写下自己的住址。由于大众的声援、反抗，他的死刑被撤销，刑期也减缓了，最终竟在监狱中待了十七年。虽然有国际进步人士联合土耳其工人和知识界的抗议，还出版了《纳齐姆·希克梅特》这种专门刊物，然而，他走出了这道铁栅，却走不出当局对他永远的监禁。

萧三曾记述希克梅特一九五一年十一月十六日在布拉格对他的一席夜话：

他出狱之后，（当局）几次企图害死他（有一次——纳齐姆·希克梅特昨晚告诉我们说——当天晚上他和他夫人回家的时候，一辆小汽车用非常快的速度向他开来。他急忙躲开，心想这个开车的司机大概是喝醉了。但他刚到街的另一边，另一部汽车又闪着巨眼——灯光直向他撞来。幸好他夫人机警，立即用力把他拖到一旁并把他推倒在地上，这才幸免于难）。最后，竟征他去服兵役，虽然他已年近半百，而且经历了长年的监狱生活和绝食（一次，为了使外面群众能进行公开的活动，诗人在狱中绝食了十八天，体重减少了二十公斤，医生说，再饿两三天必死，经革命群众劝告乃暂停绝食）……健康很坏。但官方雇一医生来"检查"，说：健康状态平常，可以从军。诗人心里明白，这是当局要置他于死地的办法，反动者可以在任何时候，找任何借口，比如说他企图中途逃跑而枪毙他……诗人于是不得不下最后决心，逃出虎口，逃出他的祖国。土耳其反动统治者在诗人逃走之后，愤懑地开除了他的国籍。

二〇〇九年一月五日，土耳其政府、总统居尔、总理埃尔多安俱签署批准废除一九五一年七月二十五日关于开除纳齐姆·希克梅特土耳其国籍的政府决定。这个五十八年后迟到的消息，不仅希克梅特本人，就连比他后走二十多年的萧三也无法听到。政府可以倒行逆施，但是，人民不畏强暴。在这之前，有五十万人请愿签名，要求恢复他的国籍。前总统德米雷尔，在一次国际会议的讲话中还引用了他的诗句，二〇〇一年，英国举办了纪念性的研讨会，联合国教科文组织宣布二〇〇二年是"希克梅特年"。其他的，包括土耳其民间，类似的活动无以计数。

对土耳其人民而言，不论政府怎么说，希克梅特，永远都是他们自己的诗人，"是自己的为和平、民主与民族独立而斗争的战士"。作为诗人，他的作品，正是这一切的最好说明，他那无终无了的苦难，正是对这些作品最好的解读。

他十四岁开始写诗，六十岁去世，四十六年，有不少剧本上演和拍成电影。一九七九年，土耳其与苏联合拍的《我的爱，我的忧伤》用的就是他的剧本。这和那些被作曲家谱曲的诗篇，以及一九三六年他那尖锐、极富针对性的政论《德国法西斯主义与种族论》一样，无疑是扩大他作品影响力的最好方式之一。可是，不论什么人，首先还是视他为诗人。自莫斯科出版他的处女诗集后，从零星的文讯便可得知：仅一九二九年到一九三〇年两年间，他就出版了《八百三十五行》《1+1=1》《已经三个月了》。翌年，又有《沉默的城市》出版。自然，还有不少被当局查禁了的和不能出版的。但他在美国出版，被评论为"史诗小说"的《同胞群像》及长诗《致塔兰塔·芭布的信》等，都没有找到原诗和译诗。一九六一年去世的希克梅特，生前曾希望他的《同胞群像》能在一九六六年进入土耳其，让他的同胞读到这首诗，至于一九六六年有什么机遇不得而知，可一九六六年之后又过去了半个世纪，至今，我们仍然没有机会看到这些珍贵的作品。

这些诗，是个人，也是为民族的苦难所激发寻求解放的心迹。一首《铁笼里的狮子》，从诗题已能读到他和他的人民的生存状况及人民不屈的反抗。而在《一根我无法点燃的香烟》里，一位迎着死亡从容就义的勇士——

今夜什么时候他都可能死去，
一片焦斑在他的左襟上。
他走向死亡，今夜，
　　　　自愿地，不受强迫。
你有香烟吗？他说。
我说
　　　　有。

火柴呢？
没有，我说，
　　　　一颗子弹会替你点燃。
他拿了香烟
　　　　　　　　走开。
也许此刻他正横躺地面，
一根没点过的香烟在他唇间，
　　一个燃烧的创伤在他胸上。

这支在生死之间"没点过的烟卷"，折射怎样的一种人生气概啊。他患Angina Pectoris——心痛症，他说：

我的心呀一半是在这儿，
而另一半，医生，另一半
是在中国，

是在那滚流向黄河的部队中间。

当要求释放诗人的运动高涨时，国会里的反动议员在议席上引用了这两句诗，以证明他不是爱国者，不能释放。而它，正好表现了诗人志在解放全人类的胸怀。

长诗《卓娅》，可以说是他的政论《德国法西斯主义与种族论》的诗化。我们看到，轰轰烈烈的英雄事迹，并未被轰轰烈烈地书写。希克梅特用既热烈又温柔的笔调写了——

　　你的脸是多么的灵秀，
　　你那孩子似的脖子是多么的柔嫩；
　　这脖子上不该是绳套、绞索，
　　它的上面应该是项链。
　　你是多么纯洁啊，丹娘！

无怒斥，无痛悼，只是很平静地将绞索和项链并列于此，人与兽的紧张对峙与激烈冲突，在此，回归到最原始、最朴素的人性中去，恍如管弦的交响顿降天籁。艾青周边的人不止一次听他说道：他是写不出《卓娅》这样的诗来的。此话，由此君说出，可不是容易的事。今天，能读到希克梅特的这些诗，是我们阅读中的幸事。

希克梅特的诗是战士的诗，是用热血和生命写成的诗；是自由和光明的颂辞，是野蛮、奴役和黑暗的咒语，是爱的大纛和憎的丰碑。

对于不能读外文的读者，得感谢为我们提供译文的（以其译诗排列之先后为序）陈微明、非马、余振、孙玮、铁弦、丘琴、刘兴杰、李以亮、魏荒弩、郁泯、王槐曼、戈宝权、罗大冈、李敏勇十四位译界名家，可惜，这些诗也全是从俄文、法文、英文转译的。不过，希克梅特和萧三一样，是参与自己诗的俄译的，而且他学过法文，也参与自己诗的法译，那些诗行也就不可能失去希克梅特，英译的转译若有些相异处，别样的芬芳也是花朵的芬芳。

一九五二年九月，希克梅特应邀访华，参加亚洲及太平洋区域和平会议。当时人民文学出版社出了一本《希克梅特诗集》，并且很快又印了第二版。此后的六十多年，他确实在视听中淡出远去了。除了一九五七年《诗刊》创刊时戈宝权译了几首，以后中国大陆基本上没有看到希克梅特的译诗。十年动乱过去，重编聂鲁达的诗选时，也曾请戈宝权译一本比一九五二年出版的希克梅特的诗选更丰富一些的版本出版。他答应了，而且他还保留了一大摞当年作者赠与和他在苏联收集、保存完好的希克梅特的诗集，堆放在他的书桌上。夏天，他在干面胡同社科院专家宿舍里赤膊挥汗地细读精选，那种劳动精神，真让人十分感动。可是，随着形势的发展，外事、外访的任务压得他喘不过气来，直到他病逝之前，都不忍心催他继续有关希克梅特诗歌的译事，致使这一计划最后流产。

近年，海外有人提出，中国大陆诗坛怎么会忘记希克梅特呢？今天，《我坐在大地上》在花城出版社出版，正好印证了诗界和读者朋友对这位异国的铁窗诗人未曾中断的缅怀。诗人歌唱道："我的朋友们，我们还要继续战斗，我们将一同走进阳光灿烂的花园。我永远同你们在一起。等待着我，别忘记了我！"随着岁月的迁流，有些诗篇从今天看来，留有当年意识形态的印迹，但是，他反对专制奴役和追求自由解放的精神始终如一，是值得充分肯定的。作为诗人，只要他把他的诗歌献给了人民的事业，人民就永远不会忘记他。

译者中，我们同非马、李以亮先生取得联系，并获得他们热情的支持。其余多位经已谢世，在此，谨向他们崇高的劳动表示由衷的敬意和感谢。这些译者的后人散在全国各地，一时查找未果；如见到本书后，望能与责任编辑主动联系为感。

目录 contents

一九二一
我的心 *1*

一九二二
赤足 *4*
诗人 *7*

一九二五
帝国主义的墙 *11*

一九二七
安那托里亚的传奇 *20*

一九二八
铁笼里的狮子 *27*
给我们孩子们的忠告 *29*

一九二九
告别 31

一九三〇
一根我无法点燃的香烟 33
乐观主义 35
金色眼睛的姑娘，淡紫色的紫罗兰花
　　和饥饿的朋友们 37
像凯列姆那样 39
声音 41

2　　一九三一
关于便帽和呢帽 43
工作 46

一九三三
给我妻的信 48

一九三五
给塔兰塔·芭布的信 51

一九三八
寄自单身牢房的信 76

一九三九

伊斯坦布尔拘留所 ．．．．．．．．． 82

一九四一

论二十世纪 ．．．．．．．．． 88

一九四五

卓娅 ．．．．．．．．． 90

狱中书简，一九四五 ．．．．．．．．． 104

给派拉羿的信（选摘） ．．．．．．．．． 105

一九四五年十月九日 ．．．．．．．．． 111

信 ．．．．．．．．． 113

一九四六

九周年 ．．．．．．．．． 118

一九四七

我坐在大地上 ．．．．．．．．． 122

还是那颗心，还是那颗头颅 ．．．．．．．．． 124

唐·吉诃德 ．．．．．．．．． 129

我爱你 ．．．．．．．．． 131

地球上最奇怪的生物 ．．．．．．．．． 133

邀请 ．．．．．．．．． 135

自从我被投进这牢洞 ．．．．．．．．． 136

3

在哈米达王的时代 ········· 141

狱中书简，一九四七 ········· 143

一九四八

狱中书简，一九四八 ········· 144

事情就是这样 ········· 145

Angina Pectoris（心痛症） ········· 146

一次旅行 ········· 148

理解 ········· 151

一九四九

这是我被监禁的第十二个年头 ········· 152

对将要坐牢的人几句忠告 ········· 154

你们的手和他们的谎话 ········· 158

论罗密欧和朱丽叶之事 ········· 162

世界，朋友，敌人，你和土地 ········· 164

致保罗·罗伯逊 ········· 167

一九五〇

狱中书简（第二十七首） ········· 169

欢迎，我的女人！ ········· 171

绝食第五天 ········· 173

一九五一

在牢狱里度过的十四个年头 ········· 176

自由的惨状 178

纳齐姆的儿子梅汉麦特对法国人讲话 181

诞生 184

一九五二

拈着一朵石竹花的人 187

别让人动他们 190

一九五三

最后的愿望和遗嘱 192

一九五五

不能让浮云再杀人 194

给儿子的最后一封信 199

一九五六

伊斯坦堡来信 204

浮士德旧居 211

一九五七

最后一班巴士 213

一些记忆 216

一九五八

再写我的国家 223

一九六〇

爱你 224

因为你 225

突然 227

关于我们 228

一九六二

我不知道我爱的事物 230

我的心

——纪念十五个牺牲的同志[1]

十五处伤口在我的胸间，
十五把刀子，
十五个人的死。

---

[1] 土耳其共产党成立于一九二〇年。自成立起，它就号召人民为祖国的独立与民主而斗争。一九二〇年举行的土耳其共产党第一次全国代表大会，曾经暴露了基马尔分子的面目，而且指斥他们的行为不是去加强，而是去消灭土耳其的解放运动，指斥他们对欧洲资本家的投降和对本国反动派的妥协。这次的大会拒绝支持基马尔政府的反动政策。基马尔政府一向害怕共产党在群众之间的影响力，因此采取了迫害土耳其共产党党员的野蛮手段。一九二一年，土耳其共产党的十五个领导者，包括总书记穆期达伐·苏布希在内，被基马尔分子杀害。纳齐姆·希克梅特当时已经到了苏联，《我的心》这首诗就是当他在莫斯科听到这悲痛的消息之后写的。

但是我的心更有力量！

十五把刀子插在我的胸间，
十五把刀子强制我沉默。
但是我的心在响，
在响，
它将不断地响，响！

黑浪好像蛇一样在低叹，
想赶快
把我淹死在黑海里，
想赶快
把我闷死。
血浪接着血浪在汹涌。

但是我的心在响！

他们想割断愤怒和诗句。
他们想熄灭申诉的火焰。
但是在我的十五处伤口上，
燃烧着十五处爱自由的篝火。

所有十五把刀子
在我的胸间弯曲，折断。
我的心不单是在跳动——

它在祖国的土地上
像深夜的警钟在敲响，
像红旗在飘扬！

一九二一年

陈微明　译

赤足

太阳绕着我们的头顶，
　　　　一条灼烫的头巾；
干裂的土地，
　　　　我们脚下的一双凉鞋。
一个老农夫
　　比他的老马
　　还像死
　　　　在我们近旁
不在我们近旁
但在我们燃烧的
血管内。

肩膀没有厚披肩
手没有皮鞭；

没有马，没有车
　　没有村警，
我们旅行过
熊穴般的村落
　　泥泞的城镇，
　　　　在光秃秃的山丘上。

　　我们听到声音
　　　自多石的土地
　　　在病牛的泪里；
　　我们看到土地
　　　不能给黑犁
　　　以金黄玉蜀黍的香气。
　　我们还没走出
　　　如在梦中，
　　　　　呵不！
一个垃圾堆便已到达另一个。
我们
　　知道
　　　一个国家
　　　　　　的渴望。
　　这渴望轮廓分明
　　　如唯物论者
　　　　　　的心态，

而真的。

　　这渴望

　　　　自有它的道理。

　　　　　　　　　　一九二二年

　　　　　　　　　　非马　译

诗人

我是一个诗人。
我的口哨，像钢一样。
把电光刺入
房屋的墙壁。

我的眼睛
在二百公尺远的地方
可以清晰地看见两只
纠打在一起的甲虫。
这一双眼睛，
透过夜的黑暗和寒冷，
难道还看不见
两足动物的世界
已经分成了两半……
……

假如你要问
我来自世界的哪一部分，
我在哪里生活过，我见过什么，
请你看看我的皮包：
黑面包——我的午饭，
一本书：马克思的《资本论》；
这就是对你的回答。
我是一个诗人，
我晓得诗的本质，
我不喜欢谈论天蓝的颜色，
我的最喜爱的诗篇
是《反杜林论》。

我是一个诗人，
我所滴下的诗的主题，
比秋天滴下的水滴还要多，
但是在歌唱我的
马克思主义的诗篇之前，
我必须先成为一个
《资本论》的专家……
我——是一个踢足球的老手……
当乌拉圭的前锋们
（在我们世纪的开头）
还是一群快乐的孩子的时候，——
我曾经把一些最结实的、

最高大的后卫
摔倒在地上……

我——是一个踢足球的老手。
当足球从中央
对着我额头飞来，
我把它顶过去：
砰的一声……
它从门梁下面飞过，
掉到守门人的
因为惊奇
而大张开的嘴巴上，
飞进他的肚子里去了……
这就是我的防卫方法。

怎么样——不错吧？
我的鞋子已经向铅笔
学会了它。
而且，这种铅笔写出的诗篇——
也不是竖琴的和唱；
它们能够灵巧地
渗入你们身体的毛孔，
渗入你们的精神世界。
而每一个字的
粗糙的碎片

像石头似的变成
你们的肠子里的微菌。

我们是诗人……
是的……
这个我们已经说过了。
而这每一个字的
粗糙的碎片
像石头似的变成
你们的肠子里的微菌。
我们是诗人……
是的……
这个我已经说过了。

一九二二年

余振　译

帝国主义的墙

把太阳切成几部分的
铁栅栏，
嵌在黑色石头窗框上的
铁栅栏……
我拿额头顶住它，
两只手紧抓住它……
它把我的
额头划破了。
用冰冷的小嘴刺它，
把额头割成几个方块——
而我那宽大的、皮包骨头的前额
流着血，
血滴在石头上，
流在脸上，
用血的帷幔掩起了

窗外的世界，
栅栏外的世界，——
把太阳切成几部分的铁栅栏。
嵌在黑色的石头窗框上的
铁栅栏……

在那里，在窗外——
有一道墙。
你把额头靠在栅栏上——
就可以看见它。

（在此墙下枪毙共产党人。）

在那里
给我们的人们
戴上手铐、脚镣。
这一道墙
是专为了我们而建筑的。
你看它高高地耸立着，
锯齿形的。
白色的，
发着光，
像绞刑架上拿肥皂擦洗过的绞索。
它尖尖的，
像撕裂着血淋淋食物的

野兽的牙齿，
它长长的，
像是把围绕起来的
神父的衣带……
再没有
一道墙同它相似！

它那地基的第一块石头
是在帝国主义的脚步下——
那最初的、沉重的脚步之下奠定的。
在这道墙的墙根，
躺着被枪弹打得血肉模糊的
昨天的牺牲者，
在那里，像我这样的
共产党人的尸骸
像埃菲尔塔[1]一样高高耸起。

它的最远的一边
一直伸展到
使用木头弹弓的
黄色的中国，
而另一边

---

[1] 埃菲尔塔，巴黎的高塔，高三百米，是巴黎最高的建筑物。

通到纽约，

那里，电流

在电椅中噼噼啪啪地响

它的砖——

就是每一个银行中的股票，

整个的地球

被这道墙

分割成了两半。

那道墙——在不列颠，

在那里，凯尔逊[1]的每一句话

都得到帝国国徽的

保证。

那道墙也建立在

埃菲尔塔上，

建立在柏林的

兴登堡[2]的金色雕像上。

在意大利

黑衫党墨索里尼

心满意足地舐着这道墙，

等待着时机，

---

[1]　凯尔逊（1859—1925），英国反动分子，曾以残酷手段镇压印度，并以仇视工人运动及苏联闻名。

[2]　兴登堡（1847—1934），第一次世界大战时德军的东路军司令，一九二五年被选为德国总统，受金融家支持。

而意大利，

像一只巨大的皮靴，

沉浸在血的大海中。

在巴尔干，

那道墙，

那道墙，

那道墙……

像第二个巴尔干山[1]那样高，

而在丧失掉这么许多生命的

这道墙根，

他们在每一次行刑后

把我们的血收集起来，

去浇灌

百万富翁——浇灌枯竭的动脉，

想要使

被梅毒侵蚀透的骨骼得到新生。

刽子手们，

在尸体中，

呼吸着死的气息，

欣赏着枪弹呼啸的声音，

好像是在广播音乐会上

---

[1]　巴尔干山，欧洲阿尔卑斯山的支脉，横贯保加利亚，最高峰达
九千八百米。

听着乐曲，
好像是阳光
在温暖着他们。
就是在这道墙根
开始了动员，
比一九一四年的动员
还要可怕
仿佛是一团
应当爬进洞隙的
黑暗，
一群流氓向那里跑去，
一边跑一边整起队伍。

在不列颠的无畏舰的庇护下
国际联盟，
满身火药气味的
外交家，
专门爱护那些被屠杀掉的士兵的
将军，——
整个第二国际
都在准备进军！
你看——为了培养出有毒的花朵，
在宗教的土壤中施肥
在银行钞票上著书立说的
哲学家；

歌颂锰酸盐的
诗人，
出售新武器
出售可以毁灭一切生命的
死光的
科学家：
戴着铅做的花冠的
无名士兵——
都汇集到这一道墙的
跟前。

在那里枪杀共产党人的
那一道墙，
那一道墙……
我们不怕那道墙！
我们是有力量的，不是因为宗教，
不是因为狂暴的胡话，
不是因为朦胧的幻梦，
也不是因为玄想！
我们的力量——
是在不可能扼阻的
历史运动中。
今天，谁要
反驳我们，
他就是反对那像生命一样确定不移的

物质运动的规律，

社会发展的规律——

反对一切，

唯一可能存在的一切。

有什么还会比空洞的争论

更为无用？

只有运动！

没有静止！

今天

变为明天，

而明天

又打破今天，

一切都在流，

流，

像一条无尽的河流……

我们

是今天的英雄

是宣布明天诞生的人，

是新事物形成的创造者——

是一条在永恒的流动中

汹涌澎湃地奔流的

把一切都摧毁的

河流的声音……

共产党人——

就是：

自己的脚步

同历史的脚步

合拍地前进的人。

共产党人——

就是

你向跛脚的

瞎眼的

像面包皮一样

没有鼻子的农民

发出你的叹息……

美国人，

法国人，

还有英国人，

因此都在怀古的忧伤中感到愉快。

你真是该死……

滚开吧！

这个国家没有你做的事情！

否则，——

当你还没有来得及对逝去的古风发出叹息，这个国家已
经彻底灭亡。

一九二五年

孙玮 译

安那托里亚[1]的传奇

像一团火红色的头巾
太阳在头顶上照耀，
我的赤脚盖满了一层
尘土，
盖满了坚硬的土地的泥块。
没有一只马鞭挂在肩上，
穿的也不是华美的服装，
我的衣服是破烂的，
我是贫穷的，
肮脏的，

---

[1] 安那托里亚即小亚细亚，这是一个巨大的半岛，是土耳其领土的一部分。当时这里大部分的土地集中在地主与富农手里，穷苦的农民还合用着最简陋的农业工具和采用最原始的农业技术。青年时期的纳齐姆·希克梅特，在从土耳其政府的迫害下逃脱后，曾在这一带流浪。

瘦削的，——
沿着一条陡峭的道路
徒步地
走到了一些像熊穴似的屋子中间，
这里的人，不知道为什么缘故
把这些屋子叫作村庄。
我穿过了我的祖国，
像我们古代的祖先一样。

＊＊＊

忧郁的水牛们的悲哀的眼睛
凝视着狭窄的一长块土地。
是什么模糊了它们的眼睛——
是悲哀，
是希望，
还是眼泪？……
在它们的目光中
你能够看到什么东西？
但是，你更难理解
那遍地石头的田地所说的
沉重的语言。
我要把它们翻译给你听
（在我的诗篇中
我已经不止一次地这样做过）：

"我的贫瘠的腹部受孕没有？
我是不是又从农民那里
夺去了最后一把
放高利贷的人借给他的
种子，
那个破产的穷人，
靠了他不屈不挠的劳动，
得到的是不是饥饿，
监狱，
死亡，
不幸？"

　　　　　　　　***

我不是像梦中一样漫游，
不，不是的……
我也没有向春天寄出
我的问候……
不是的，不是的……
我是从一个垃圾坑
向另一个垃圾坑走去，
让人们常常把这些坑洼
叫作城市吧，
让那些从来没有到过那里的人们
把这腐烂称为传奇吧。

短小的、钻进地下的屋子，
街道是鼹鼠的洞穴……
这些屋子用几百只小嘴吐着烟气，
它们的额头互相地碰着……

笼罩着一层轻柔、昏沉的睡意，
咖啡店在朦胧中睡眠……
一个缠着柠檬色头巾的人
蜷着两腿，坐在
软垫上。
他含了温和的微笑，注视着
褐色皮肤的侍童。
而且，因为感情的过剩，
祈祷一定会像发黏的唾液一样
一滴一滴地流下。
伪善者啊！
你们不能用神秘，

        溃疡，

           可汗

去粉饰东方，
东方已经揭开在我们面前……
这一个城市
是一只打破了的
发出酸臭的睡意的瓦罐。

＊＊＊

一个年老的、面色像泥土一样的农民，
他悲痛地说自己是一个父亲。
这年老的农民有一个儿子，
然而现在，他孤单单地在田里劳动，
因为那个少年已经在伊斯密尔阵亡……
他的女儿的双手本来可以帮助这个老人，
但是，承包捐税的商人
已经带走了她，
当作到期没有缴上的税款的抵押。
有只巨掌就要夺取这个农民的土地，
但是他无论如何也不肯同土地分离，
他的衰老的嘴唇说的绝不是谎话：
"就是死，也要死在这里。"

我看见
这个国家陷在悲哀里面，
我也理解它的历来的悲哀。
我们的田地，在春天的时候，
渴望着农业机器的拥抱，
像一个又疲又困的女人
在黑暗的夜间
等待着她的丈夫……

我们的土地梦想着它的丈夫——拖拉机。

***

嗨，你这像水烟袋的黄玻璃肚子一样

打着鼾的人，

你这坐在三匹马拉的车子上

飞驰地经过乡村的人，

你一天比一天更加无耻！

皮尔·罗逖[1]

你向跛脚的

瞎眼的

像面包皮一样

没有鼻子的农民

发出你的叹息……

美国人，

法国人，

还有英国人，

因此都在怀古的忧伤中感到愉快。

你真是该死……

---

[1] 皮尔·罗逖（1850—1923）是法国的名作家，原为海军军官。他曾写过不少关于东方的小说与游记，在这些作品中，他以鲜丽的色彩粉饰了东方的生活，他所注意的只是使欧洲人入迷的所谓"异国情调"，而不是东方人民在帝国主义压迫下所蒙受的不幸与痛苦。

滚开吧！

这个国家里没有你做的事情！

否则——

当你还没有来得及对逝去的古风发出叹息，

这个国家已经彻底地灭亡。

一九二七年

孙玮　译

铁笼里的狮子

看那铁笼里的狮子，
深深看进它的眼里去：
　像两支出鞘的匕首
　闪着怒光。
但它从未失去它的威严
　虽然它的愤怒
　　　来了又去
　　　　去了又来。

你找不到一个可系项圈的地方
在它那厚而多毛的鬃上。
虽然皮鞭的创痕
　仍在它黄背上燃烧
它的长腿
　延伸而终结

　　　成两只铜爪。
　　它的鬃毛一根根竖起
　　　绕着它骄傲的头。
　　它的愤恨
　　　　来了又去
　　　　　去了又来……

　　我兄弟的影子在地牢的墙上
　　移动
　　　　上上下下
　　　　　　上上下下

　　　　　　　　　　　　　　非马　译

给我们孩子们的忠告

调皮捣蛋，没什么不对。
爬上绝壁，
　　　　　上高耸的树。
像一个老船长让你们的手导引
你们自行车的方向。
而用那支画宗教知识大师
　　　漫画的笔，
　　　一页页把经书涂掉。
你们必须知道如何建造你们自己的乐园
在这黑色的土地上。
用你们的地质教科书
你们必须使那个教你们
　　　天地始自亚当的人哑口无言。
你们必须认识
　　　大地的重要，

你们必须相信
　　　大地的永恒
　　不要区别你们的母亲
　　　　同你们的母地。
　　你们必须爱它
　像你们爱她一样。

　　　　　　　　　　一九二八年

　　　　　　　　　　非马　译

告别

祝你们安好，朋友们，
千千万万的忠诚的朋友。
我的头脑已经被斗争占据，
可是，你们——
　　　　　　在我的深深的心中。
请不要聚在周围，不要像鸟儿一样吵闹。
也不要在后面向我挥舞手帕。
我的一同工作的弟兄，
　　　　　　　　　我的战友，
我的同志，
　　　　　我默默地向你们告别了。
黑夜
　　将用一张乌黑的帷幕
　　　　　封闭我的房门。

岁月

　　将在窗子上留下

　　　　深刻的痕迹。

然而，就是在刑室里面，

　　　　我也仍然要唱自己的歌，

唱那过去的年代的战斗歌曲。

我的朋友们，我们还要继续战斗，

　　　　我们将一同走进阳光灿烂的花园。

我永远同你们在一起。

　　　　等待着我，

　　　　　　别忘记了我!

我的战友，

　　　我的工人兄弟，

我的同志，

　　　再见!

　　　　　　　　　　一九二九年

　　　　　　　　　　孙玮　译

一根我无法点燃的香烟

今夜什么时候他都可能死去，
一片焦斑在他的左襟上。
他走向死亡，今夜，
　　　　自愿地，不受强迫。
你有香烟吗？他说。
我说
　　　　有。

火柴呢？
没有，我说，
　　　　一颗子弹会替你点燃。
他拿了香烟
　　　　　　　　走开。
也许此刻他正横躺地面，
一根没点过的香烟在他唇间，

一个燃烧的创伤在他胸上。

非马　译

乐观主义

啊，孩子们，我们将看到魔术的时代，
我们将听到太阳在太空中歌唱，
啊，孩子们，我们把银灰色的机群，
派遣到星球间的青空飞翔。

我们要用光的速度在空中飞驶，
智慧和自由的世纪给人类添上翅膀。
啊，孩子们，孩子们，谁知道这是不是永恒：
如果没有地心吸力，我们怎样接吻？

但是现在，我们的每一天都是艰苦的日子，
像听童话似的，我们在听奇异的故事，
似乎有一些城市，像充满阳光的蜂房，
那儿市场上的东西我们都买得起。

我们呼喊，而回答我们的是一本书：
它的封面是黑色，书名是：《牢狱》。
两只手被绑着。连指头也别想动弹。
骨头折断。流着血。一切在摇摆。一片黑暗。

今天，我们的收入虽然看来很多，
可是，每一星期我们只能吃一次有肉的午饭，
今天，我的儿子出去做工，
为了回家时候剩下一副黄色的骨架……

但是今天……
　　你要相信
啊，孩子，我们将看到魔术的时代，
我们将听到太阳在太空中歌唱，
啊，孩子们，我们把银灰色的机群，
派遣到星球间的青空飞翔！

一九三〇年

铁弦　译

金色眼睛的姑娘，淡紫色的
紫罗兰花和饥饿的朋友们

你呀，酸溜溜的诗人，

你迷茫的目光中有着一层昏暗的雾！

你以为：我们不懂得爱情？

不，不！

我们也分辨得出

什么是幸福和痛苦。

看，春天又呼啸着飞奔而来，

在人们的眼前轰鸣着一闪而过，

好像一列运货火车的

发散着马汗、烟叶和干草气味的

木板车厢。

可是，在一瞬间的梦想之后，

我却希望

让春天穿过花树和叶丛而来，

给我的亲人们
　　　　带来丰盛的午餐，
给我的女儿
　　　　带来新鲜的牛奶。
可是，我却希望
（用不着隐藏自己的心意），
说真心话，我是多么热切地想送给
我那金色眼睛的姑娘
一把小小的花束——
即使是一束也好！——
一束淡紫色的紫罗兰花。
大街上出售着紫罗兰花，我看见过，
那些寒碜的花束的价钱，我也问过。
但是，有什么办法呢。
朋友们罢工了，
于是，我就把存下来买紫罗兰花的钱
给了他们。

一九三〇年

丘琴、刘兴杰　合译

像凯列姆那样[1]

这里的空气沉重得像铅块一样，
我呼唤着，呼唤着，呼唤着人们：
"来啊，帮助我，
咱们大伙儿来将这铅块烧化！"[2]

我听到有人说：
"你最好不要叫嚷，
要不然，连你自己也要烧成灰烬。
闭住口吧！

---

　　[1]　凯列姆是东方民间传说中的英雄，据说他被爱情的火焰烧成灰
烬。——原注

　　[2]　咱们大伙儿来将这铅块烧化：这里俄语的语意是双关的：一是熔
铅，一是用熔铅铸成子弹，译成中文只能保存一种含义。本诗末三行亦同
此。——译注

要不然，你看，就像凯列姆那样，
连你自己也要烧成灰粉。"

这里没有人可以分尝痛苦。
人们的心都已变成铁石。
这里的空气比铅块还更加沉重。
 "是的！我愿像古代的凯列姆那样
被烧成灰烬！
我就那样被烧成灰烬吧！
假使我不燃烧，
假使你也不燃烧，
假使我们都不燃烧，
那么谁去驱散黑暗？"

空气比泥土更加沉重……
我又呼唤着，呼唤着人们：
呼唤着他们都来帮助我，
我们一定要将那铅块
烧化，
将它烧化！

一九三〇年

丘琴、刘兴杰　合译

声音

不要垂头！
不要失望！
也不要用茫然的目光
往墙上钻！
起来吧！
请走到窗前。
瞧——你的地方开了花，
美妙的夜色，
好像海——就在旁边！
波浪
拍打着玻璃窗，
整个世界
今天挨近了春天……

你听——

波浪向着窗户

给你带来了一缕缕歌声！

它们通过任何门闩，

好像所有的朋友们

自己来到！

歌曲——

好像声音之路，

夜晚充满着

亲切的声音。

你听见么——

星的、水的、土地的声音？

赶快到窗前来！……

听那波浪的喧闹……

看……

你的朋友来到监狱里，

他们和你在一起走！

他们现在——和你在一起！

陈徹明　译

关于便帽和呢帽

我是一个平常的无产阶级诗人，

神经是健全的，

筋肉是结实的。

当我到街上去的时候，

我的头上戴着一顶

工人的便帽。

一星期我有六天戴着它

（如果我没有落在警察的爪子里面），

可是，到了第七天，

我戴上

唯一的

漂亮的呢帽，

同我的爱人出去游玩。

为什么

我没有两顶呢帽？

朋友，你怎样回答

这个问题？

也许，我是一个懒汉吗？

不对！每天我拿着手盘^[1]站十二小时，

每天我站七百二十分钟——

在这把一切都吃光舐净的劳动上

我用尽了所有的力量，

一点也不剩。

我是一个没有知识的人吗？

不对！

地主们比我

更加无知万分。

我是一个傻瓜吗？

哪里会有这种事情！

也许是因为我在咖啡店和酒店坐得太久，

或者是因为寻欢作乐

一直到了天明？

不，不是这样！

这里只有一个公正的答案：

我属于无产阶级，

朋友，

---

[1]　手盘是排字工人排字时的工具。

无——产——阶——级！

但是，朋友，

我将会有两顶呢帽，

而且还不止两顶，

我会有两千万顶，

将来，当全体无产阶级团结起来

反对一切的和各种贵族的时候。

当我们大家

一同走遍世界，

当我、我们、他们

永远成了

全地球上的机器的主人的时候。

这是会实现的，会永远实现的

无论如何也要实现！

是的，一定实现！！！

一九三一年

孙玮　译

工作

当白天在我的牛角上破晓，
我用耐心与尊严犁地；
大地湿而暖触摸我赤裸的脚底。

我的肌肉亮闪着火花
我锤击热铁直到正午；
它的光芒替代了所有的黑暗。

叶上最鲜活的青绿
我在午后的炎热里采摘橄榄，
光照在我衣上、脸上、头上、眼上。

每个黄昏我都有访客：
我的门敞开

　　　　　　　　　向所有美妙的歌曲。

夜里我没膝走入海中
开始收拢我的网；
我的捞获：星与鱼的混合。

我现在已变得该
　　　　对我身边发生的事情负责，
对人类及大地
对黑暗与光明。

你能看到我陷没在工作里，
别用话来阻挠我，我的爱，
我在忙着同你相爱。

一九三一年

非马　译

给我妻的信

我的爱!
在你最近的信上你说,
　"我的头疼痛

　　　　　　　我心惊悸。"

　"如果他们吊你

　　　　　　如果我失去你,"

　　　　　　　　　　你说,

　　　　　　　　　"我不能活。"

但你能的,我的爱;
我的形相散布风中

　　　　　　如一股浓而黑的烟。
当然你要活下去

　　　　　　我心上的红发姐妹;
哀悼死者

在二十世纪
　　　　顶多维持一年。

死神：
一个死人在一根绳子的末端，荡着——
但怪事
　　　　我的心不接受
　　　　　　　　这种死亡。
你必须
记住，我的爱人，
如果一只像黑蜘蛛般
　　可怜的吉卜赛多毛的手
　　　　把绳子套
　　　　　　　　在我的脖子上——
那些等着在我的蓝睛里看到恐惧的人
　　　　将徒然地看着纳京。

我
在我最后一个早晨的曙光里
将看到我真心的朋友们和你，
而只有
　　一首被打断的歌的激恨
　　　　我将带进我的坟墓。

我妻!
我好心肠的
金蜂
有着比蜜还甜的眼睛
究竟为什么我要告诉你
他们正催着把我吊死?
审判才刚刚开始
而他们并不真的摘你的脑袋
　　　　像一只萝卜。

来,别管那么多。
那种可能性还渺茫得很。
要是你有钱
　　　　给我买条法兰绒裤;
坐骨神经又开始痛了。
还有别忘记
　　　　一个囚犯的妻子要经常想
　　　　　　　　美丽的思想。

　　　　　　　一九三三年十一月十一日
　　　　　　　　　皮尔萨监狱

　　　　　　　　非马　译

给塔兰塔·芭布的信[1]

一

她父亲的第二十五个女儿

---

[1]　英译注：这里希克梅特的技巧远非简单。这些信，据说是在罗马的一个年轻伊索匹亚人写给他在伊索匹亚嘎拉（Galla）的妻子塔兰塔·芭布的。其中一小部分被零星收进各种选集，尤以标题《罗马》的第二首最为常见。这使得人们相信，希克梅特自己曾到过罗马，而塔兰塔·芭布是他妻子的一个名字。要解开这个谜，或了解这些诗背后的统一性，只有去读那以浪漫笔调写成的导言。它的大意是："希克梅特接到一位意大利朋友的信，说他新近在罗马一个比较穷的地区租了个房间。他的房东说在他之前他的房间住了一个伊索匹亚黑人。""他现在在哪里呢？""哦，我不知道该不该说……他被警察带走了。"后来这意大利人在一个抽屉里发现了一卷纸；"奇迹呀，我的朋友！"

这些便是那伊索匹亚人用他自己的文字写的信。恰巧这意大利人是学这些罕见文字的学生，便把它们翻译了寄给在土耳其的希克梅特，因为他不知道怎样才能把它们在意大利出版。

更妙的是，在这长诗被翻译成意大利文之后，它变得家喻户晓且深受人们喜爱。

我的第三位妻子
我的眼睛，我的双唇，我的一切
　　　　　　　　塔兰塔·芭布

我从罗马
　　　　　　　　寄这封信给你
不附任何东西
　　　　　　　　除了我的心。
不要对我不高兴
因为在这城市中的城市
我找不到
　　　　　　比我的心
　　　　　更好的礼物。

塔兰塔·芭布
这是我在这里的第十个晚上，
此刻我坐着
　　　　　　　　头俯在镀金的书上
这些书告诉我
　　　　　　　罗马
　　　　　　　　的诞生故事。
而那里！……那只瘦母狼
　　　　　　　　还有在她背后

胖嘟嘟一丝不挂的罗姆拉斯与瑞姆斯[1]

在我房里走来走去。

呵，但别哭；

这罗姆拉斯

　　　　　　　　不是那同一个人

那个蓝珠商人罗姆拉斯先生

　　　　在光天化日之下

在沃沃市场上

强奸你丰胸的姐妹。

这位是第一个罗马人，罗姆拉斯国王。

***

每当他向大海怒吼

自安田斜坡

波浪便相互追打

　　　　　且敲击遥远的柯西卡岸滩。

而每当他举手

　　　　　　　　向天

他便握住了雷霆的长发

把它们掼落地面。

---

　　[1]　据罗马传说，罗姆拉斯（Romulus）为古罗马的建国者（公元前753年），亦为第一代国君。为战神与希尔薇亚（Rhea Silvia）所生，同瑞姆斯（Remus）为孪生兄弟。婴儿时即被弃，由一母狼哺育长大。罗马人奉之为守护神。

……有如他的父亲是拳师卡内拉
而他的母亲是墨索里尼元首。

***

罗姆拉斯与瑞姆斯
希尔薇亚的孪生子，
维纳斯的孙子……
无视于
　　　　　他们的

　　　　　　　　　眼泪
一个漆黑的夜里
　　　她把他们丢弃在那里。
既没有
　　　　月桂冠

　　　　　　　　环他们的头
也没有像样的裤子围他们的腰。
那时候，塔兰塔・芭布，
　　　我们的伊索匹亚
　　　　　还不是被征服的
　　　　涂绿的殖民地；
罗马银行还没开设。
所以，罗姆拉斯与瑞姆斯
有一天清早

自思自想：

　　　　　　　　“在这里

　　　　　　　　　　我们能

　　　　　　　　　　　　搞什么鬼名堂？”

之后他们走着碰到了一只母狼，

他们杀了她的幼狼

他们饱喝她的奶

之后他们闲荡

且建立了

　　　　　　　　　　这城市，罗马。

他们建是建了，但

罗马变得太小

容不下他们两个。

所以，有一天黄昏

　　　　　　　　　怪他的兄弟

跳越隔墙

罗姆拉斯扭下了他兄弟瑞姆斯的头。

这是书上说的，塔兰塔·芭布，

在这些烫金的书上：

在罗马的地基里

　　　　　　　　　　　　　有

　　　　　　好几桶母狼的奶

　　　　　　以及满手兄弟的血。

二

三条用一只蓝猴的齿
串成的项链
　　　　　　　绕着你的脖子；
像一只红羽的鸟
　　　　　　活在天底下
或流动如这地上的一条溪流——
你的话语我的
　　　　　　　　你的眼睛我的
反映着我，
我第三个女儿的母亲
　　　我第五个儿子的母亲
　　　　　　　塔兰塔·芭布！
好几个月了
我敲每一扇门
一条条街
　　　　一栋栋房子
　　　　　　　一步步
在罗马之内
　　　　　我寻找罗马。
不再有
　　　　那些大师们
割切大理石如丝织品；
风不再从佛罗伦萨吹来；

不再有但丁的诗

不再有琵阿垂斯[1]的秀脸

不再有达文西的可吻的手。

米开朗琪罗

          是被囚在博物馆里的奴隶

而从他黄疸病的脖子拉斐尔

        被吊在一座教堂的墙上。

在这些日子里，

        在罗马长而宽的街道上

只有一个黑色的

           一个血迹斑斑的影子，

倚着水泥的银行

束棒[2]般站着，

一步

      砍掉

        一个奴隶的头，

一步

      亵渎一座坟墓，

                走过——

这影子是恺撒。

---

[1]　Beatrice，女子名

[2]　Fasces，古罗马代表权威的束棒，后被用作纳粹的标志。

罗马

"往何处去罗马"

不要问。

正如在我们自己的土地上

　　　　　同样的太阳浸透这里的土地⋯⋯

但嘘，塔兰塔·芭布

用爱

　　　　同敬意，

微笑

　　　　大笑，

嘘!

听:

在罗马的四郊

斯巴达克斯[1]挣断铁链

　　　　　的声音。

三

塔兰塔·芭布，

　　　　　　今天我见到了

庇护十一世教皇。

正如我们的部落里

---

[1]　Spartacus，领导奴隶暴动以反抗罗马之统治，死于公元前71年。

有大术士，

这里，他们有他。

但，

　　　　不同的是：

我们的术士没有

　　　因为把三个头

　　　　　　　　的蓝妖怪

赶上哈拉山而受酬；

野马作牺牲

还有一年两担象牙

　　　　　　便算还了他的债。

但这神圣的教皇

　　　　　　　　　不能希望

用同样的野马便打发。

这亲爱的绅士

使用穿绣有金十字架的

　　　　　　　　黑袍大使；

使用穿花花绿绿绑腿短裤的士兵——

他们看着他的手

　　　　　　　　他看着他们的。

这美丽意大利的一个自由公民，

　　　　　　一个女人

她卖她的唇以集体的兴奋

为半个里拉[1]躺半个小时，
用那钱的一半
买这神圣的人的一尊小像，
挂在她的床头，为她的
罪求恕。

我看他：
既不是圣乔治
　　　也不是圣彼得，
他们两个都没戴金边眼镜
只有没梳理的
　　　　　　　　长长的
　　　　　　　　　油腻胡子。
庇护十一世，塔兰塔·芭布，像个牧羊人
带一群柔毛的黑羊
在加冕的与没加冕的国王们的
　　　　　　　　草原上啃食幽灵。

庇护十一世
　　　　他是
　　　　　　为了接近圣母玛丽亚
　　　　　　　而生在马槽里的没有父亲的

---

[1]　Lira，意大利及土耳其货币名。

那人的大使

折磨他的身体，

    而每夜

睡在大理石柱的宫殿里。

四

丝披肩上绣花图案的众多太阳；

走向庞贝[1]的黑骡的蹄音；

浮第[2]的心

    在手风琴多彩的盒子里搏动；

还有世上最好的通心粉……

像这些，塔兰塔·芭布，

意大利也因它的法西斯主义出名。

掠过艾米利亚[3]伟大的伯爵们

      的土地

掠过罗马银行家的

      铁保险箱

这法西斯主义来到且

      击中了元首的秃头

      像闪电。

---

[1]　Pompeii, 意大利南部古城。公元79年为火山熔浆淹没。

[2]　Verdi, 意大利歌剧作曲家。通常译为"维尔第"。

[3]　Emilia, 意大利一行政区。

一个闪电，

　　　　塔兰塔·芭布，

它很快便要下击

伊索匹亚

原野上

的坟墓。

五

去看

　　　去听

　　　　　去摸

　　　　　　　去想

　　　　　　　　　去说

去不停地跑，

去跑

　　　呵，去跑

　　　　　塔兰塔·芭布

　　　　　　　　　唏咿！

通通滚他妈的蛋

　　　　　　　活着

　　　　　　　　　是

多么美妙的事！

想我

当我的手臂抱着你的宽臀

    我三个小孩的母亲，

热情地想，

      想一颗赤裸裸的水

           滴在黑石上的声音。

想那颜色

    那肉，那你最喜爱的

水果的名称，

想在你眼里的滋味

    那红红的太阳，

          纯绿的草

          以及那广漠的蓝蓝的光线

发自月亮。

想，塔兰塔·芭布：

人的

      心

        脑

          和臂

自第七层地底

       拉出

且造了这许多火睛的钢神

它们现在能毁灭整个世界

             以一击；

一年能结一个果的石榴树

能结上千；

而世界这么大

这么美丽

　　　　海滩无垠

夜晚我们能躺在沙上

　　　　听星光闪烁的水。

活着多么美妙

　　　　　　塔兰塔·芭布

　　　生命多么美妙!

像杰作般了解它

像情歌般听它

像一个小孩般惊异地活着,

去活

　　　一点一滴

　　　　　　　但合在一起

有如织一块最神妙的丝绸。

呵,去活……

但多奇怪,塔兰塔·芭布,

这些日子

"这不可思议的美妙的活动"

这所有事物里最快活的感觉

变得

这般艰难

这般狭窄

这般血淋淋

　　　　不成样子。

六

我深知

不会多过六个问题

在你的心架上

像一排软木塞的瓶子……

你的无知，不可救药

如一个法庭官员！

但即使这样

　要是我问你：

　"你会怎么办

　　　　　　　　要是

我们的山羊掉光了它们的长鬑毛；

如果那自它们双乳头的乳房

　　　像两道光般

流出的奶

　　　　　突然停止；

如果我们国度里的橘子

开始在枝头干枯

　　　　　　　　如稚弱的星星；

还有如果饥荒开始行走

　　　　　用它骷髅的腿

有如它是我们土地上的土皇帝——

　　　　你怎么办？"

你会对我说，
"我自己将开始消隐
一点一滴失去我的颜色，
像一个星夜

　　　　消隐

在太阳的第一道光线里——
问一个像我这样的非洲女人

　　　　　　这种事情!

对于我们，饥荒是确确实实的死亡；

　　富裕，无止无尽的快乐。"

这是什么样的智慧，塔兰塔·芭布，
在意大利这里它正好相反。
人们死在富裕的时代：
当饥荒来到反而能活下去。
在罗马的城郊
男人们像有病的饿狼般走着；
但谷仓都上了闩，加了锁
虽然谷仓里满满的是稻谷!
织布机能织够铺

　　从这里到太阳去的路

　　　那么多的丝布，

而人们却走路无鞋

　　人们穿得破破烂烂。

多么昏乱的世界!
当鱼在巴西喝咖啡
这里的婴儿却连奶都没得喝...
他们用空话喂人,
用上选的马铃薯喂猪。

七

墨索里尼太多话, 塔兰塔·芭布,
无依无靠
              没有朋友
                        像个小孩
被丢进黑夜。
叫嚷着
    且在他自己的声音里醒来
为恐惧所引燃
                在恐惧里烧炙,
咿呀个不停!
他太多话了, 塔兰塔·芭布,
因为
    他怕得要命

八

(在这信的开头有一张无线电图片。)

今天想起一件事——
　　一张图画
　　　　　　　没有线条
　　没有文字，塔兰塔·芭布。
而突然
我渴望见你
　　不是你的脸
　　　　　　　　不是你的眼
而是你的声音，塔兰塔·芭布
冷静如蓝色的尼罗河，
深邃如一只老虎受创的眼，
　　　　　　　你的声音。

（这里信上有一张剪报，上面写着：
"马可尼[1]元首的忠诚小兵
据报道，马可尼今天告诉一群记者说他听命于他的领袖
墨索里尼。在成功的试验之后，谣传马可尼的新发明
种死光，不久将在伊索匹亚试用。……这死光。"

　是他的
　　他曾释放声音

---

　　[1]　Marconi（1874—1937），意大利电机学家，发明了无线电。

到天空里去

如蓝翅的鸟；

他的手曾采撷过

最美丽的歌曲

像天空中成熟的果实——

但现在

黑衫班尼托[1]的奴隶

他正要玷污他的双手与双腕

以我兄弟们的血。

在伊索匹亚的土地上，看样子

马可尼侯爵

商业银行的

股东

几百万富翁

将要谋杀那伟大的科学家马可尼。

九

（在这信的开头也有一张剪报写着："意大利军队在等
雨季终了春天来临好开始进攻伊索匹亚。"）

多奇怪，塔兰塔·芭布，

---

[1]　Benito，墨索里尼的名字。

为了在我们自己的土地上杀害我们
他们在等待我们自己的春天

　　　　　　　　　　　　开花。

多奇怪，塔兰塔·芭布!
今年在非洲
雨季的终了，
所有颜色与香味

　　　　　　　　　　的来临

如一支歌曲从天而降——
在阳光底下伸展的潮湿的土地
像一个从嘎拉来的铜肤女人——
它们都将带给我们死亡

　　　　　就在那时节

　　　　　当你甜蜜的胸脯苏醒过来。

多奇怪，塔兰塔·芭布，
死神

　　　　　将走进我们的门

插一朵春花

　　　　　在他殖民地的帽上。

　　　　　　　十

今天晚上
元首

在一匹灰马上
在机场
对五百名飞行员
　　　　　　　演讲。
讲完了。
明天
　　他们将飞往非洲。
但他，他自己，
此刻正吃着香肠通心粉
在他广阔的宫殿里。

十一

他们来了，塔兰塔·芭布，
他们来杀你，
来刺穿你的胃
　　　　　　　看你的肠
　　　　　　在沙上
扭动如饥饿的蛇群。
他们来杀你，塔兰塔·芭布，
杀你
　　和你的羊。
但，你不认识他们
　　他们也不认识你；
你的羊也不曾跳过
他们花园的篱笆。

他们来了，塔兰塔·芭布，

有的来自拿坡里[1]

　　　　有的来自提洛尔[2]

有的从一个爱恋的凝视

或一只柔软

　　　温暖的手中

　　　　　　被硬生生拉走。

一军

　一营

　　　一队

一兵一卒

　　船把他们带

过三个汪洋

　　　　　给死神，

如赴婚宴。

他们来了，塔兰塔·芭布，

自大火的核心；

而一旦他们在你泥砌的房子

　　　那被太阳晒焦了的屋顶上

　　　　　　　插过旗子

---

[1]　Naple，意大利西南部海岸之一海港。

[2]　Tirol，奥地利西部与意大利北部之一区域，在阿尔卑斯山中。亦作Tyrol。

他们可能都回去——
但即使这样

　　　　那从托里诺[1]来的车床工
把他的右臂留在索马利亚[2]
将不再操纵他的钢杆
如操纵丝线包。
而那从西西里岛来的渔人
　　　将不再看到大海的风光
以他瞎了的眼。

他们来了，塔兰塔·芭布，
而这些来死和来杀的人
不久将绑上十字架
　　　在他们血迹斑斑的绷带上，
在他们到家的时候。

　　　　　　　　　然后，

在伟大公平的罗马城，
股票上涨，银行生意兴隆
而我们的新主人将替代士兵们
　　　劫掠死者。

---

[1]　Torino，意大利西北部城市。

[2]　Somalia，非洲东部一国家。

最后的信[1]

意大利的工资

如果我们把英国工人的薪水当成一百单位，那么：

美国	120
加拿大	100
英国	100
爱尔兰	80
荷兰	72
波兰	50
西班牙	30
意大利	29

意大利的失业及破产

	失业	破产
1929	300,786	1,204
1930	425,437	1,297
1931	731,437	1,786
1932	932,291	1,820

---

[1] 英译注：虽然是散文，我把它的一部分包括在这里，是因为它同整个事件有重大的关联。这年轻人告诉塔兰塔·芭布，说他可能会被墨索里尼的爪牙枪杀。他附了不少剪报，这"信"是其中之一。

这些统计，塔兰塔·芭布，构成了意大利法西斯主义的收支对照表。将来会发生什么事?答案在那些来我们土地上送死的年轻士兵们身上。

一九三五年

译后记

这些紧扣心弦的简单而美丽的诗，这些深深介入现实与人生的诗，也许正是我们这个时代最需要却最缺乏的吧！我们需要许多热爱生命、有理想有抱负、敢说敢做、有开阔视野的诗人，从内心里鼓舞人们，去向社会的不公平、不合理挑战，向人性的自私懦弱挑战。只有这样，我们才有希望过一个现代人应该过的生活。

这些诗是从英译转译过来的，同原文不免有些出入。纳齐姆·希克梅特曾说过："我不相信译诗是可能的。但我真的并不在乎人家把我的诗译成散文，只要他不企图改变我的原意。"我相信英译者同我都努力想做到不改变作者原意这一点。

一九七四年四月于芝加哥

非马

寄自单身牢房的信

一

我用指甲

在表带上，刻你的名字。

我在哪里，你知道，

我没有带梨木柄的折刀

（他们不许我拥有任何锋利的东西）

　　　也看不到高耸入云的悬铃木。

也许，树在院子里生长，

但我不被允许

　　　看见头顶的天空……

这地方关了多少人？

我不知道。

我独自一人，离他们很远，

他们离我也很远。

跟身边的人谈一谈自己

　　　　也是禁止的。

所以，我跟自己说话。

但是，亲爱的妻子，我对说话

　　　　感到乏味了，所以我唱歌。

唱什么你知道，

我那难听的、总是跑调的嗓音

　　　　却让我感动，

　　　　连心都碎了。

像一个赤脚的孤儿

迷失在雪地里，

在那些悲伤的老故事里，我的心

——有着湿润、忧郁的眼睛

　　发红的、流着鼻涕的小鼻子——

　　　　多想依偎在你的怀里。

这不会让我脸红，

　　　因为现在

　　　　我是如此不堪一击，

　　　　如此自私，

　　　　如此人性。

毫无疑问，我的状态可以得到解释

　　　　从生理学、心理学，等等。

或者，也许只是因为

这被封死的窗口，

这陶壶，

这四堵墙，

它们一连数月不让我听到

另一个人的声音。

这是凌晨五点，亲爱的。

在外面，

是枯燥、

阴森的低语，

泥屋顶，

以及安静地站在"无限"里的

瘸腿的瘦马

——这足以使禁闭在里面的人悲伤而发疯——

在外面，是大千世界全部的设计和匠心，

是平原的夜，降临这寸草不生的空间。

今天，夜幕将再一次准时降临。

月光将轻轻环绕瘸腿的瘦马。

寸草不生的空间，在这无望的风景里

在我面前展开，像一个硬汉的身体，

很快将布满星辰。

我们将再一次到达那不可避免的终点，

就是说，这舞台

在今天，再一次为难言的乡愁布置。

我，

在里面的人，

再一次展现我习惯的才能，

以我童年的尖细嗓音

唱一首古老的哀歌，

上帝啊，再一次它击碎我闷闷不乐的心，

我听见你在我心头的声音，

那么

遥远，像我正看着你

 在一面烟雾弥漫的破碎镜子里……

二

现在，外面正是春天，亲爱的妻子，春天。

从平原上，忽然飘来

大地清新的气息、鸟儿的歌唱。

现在是春天，亲爱的妻子。

外面的平原上光彩四射……

在里面，床铺因臭虫而有了生机，

 水壶不再结冰，

在早晨，阳光射进坚固的牢房……

太阳——

每天，现在，中午

都会到来、离去，

在我身边，闪耀着
　　　　　不停地到来和离去……
每到下午，阴影爬上墙壁，
紧闭的窗户玻璃就像着火一般，
　　　　而此刻已是夜晚，
　　　　春天的夜空，万里无云……
在里面，这是春天最黑暗的时刻。
简单说，魔鬼在呼叫自由，
用它闪着磷光的声音和眼睛，
占有里面的人
　　　　特别是，在春天……
从经验我知道这一点，亲爱的妻子，
　　　　从经验……

三

今天是星期日。
今天，他们第一次把我带到阳光下。
我站着，今生，第一次我感到
　　　　天空是多么遥远，
　　　　多么蓝，
　　　　多么宽广。
然后，我满怀崇敬地坐在大地上。
我背靠着墙。
有那么一会儿，仿佛没有暗藏的陷阱，

没有争斗，没有自由，没有妻子。
只有大地、太阳，我……
我很快乐。

一九三八年

李以亮　译

伊斯坦布尔拘留所

在伊斯坦布尔拘留所的院子里
在一个雨后阳光灿烂的冬日
白云、红瓦、墙，我的脸
　　　　　　　颤抖在大地的水坑里，
我——连同身体里最勇敢和最卑微、
最坚强和最虚弱的一切——
想着这个世界、我的国家，想着你。

　　　　　　　　　一

我的爱人，
他们在行军：
头向前，眼睛注视，
燃烧的城市红色的火光，
　　　　　　　庄稼被践踏，

　　　　　　无尽的

　　　　　　　　　脚印。

人民被屠杀：

　　　　　　像树木、像牛犊，

　　　　　　只是更快

　　　　　　　　　更轻易。

我的爱人，

在这些脚印和屠杀中间

我有时会失去自由、面包，和你，

但是，我的信念，走出黑暗、

痛苦和饥饿日子的信念，从未失去，

它的双手攥紧阳光，敲打在我们的门上。

　　　　　　　二

我怀着奇异的兴奋来到这个世界：

我爱土地、光明、斗争和面包。

尽管我知道它的范围，从南极到北极

　　　　　　　我完全了解，

我并非不知道，它只是与太阳相邻的一个玩具，

这个世界，于我却是辽阔无比。

我本来想在这世界上逛一逛，

看看鱼、果实和从未见过的星辰。

但是，

我只在书本和照片上周游过欧洲。

我一生里还从未收到一封
　　　　　贴着蓝色邮票、盖着亚洲邮戳的信。
我和角落里的杂货店
同样不被美洲所知。
然而，无论怎样
从中国到西班牙，从好望角到阿拉斯加，
在海上、陆地上，无论哪里，都有我的朋友
　　　　　　　　和敌人。
这样的朋友虽不曾见面
但为了相同的面包、自由和梦想，我们可以战死。
而敌人，渴望我的血——
　　　　　　我，渴望他们的。
我的力量
在于：在这广大的世界上，我并不孤独。
世界和它的人民在我心里没有秘密，
　　　　　　在我的科学里没有神秘。
在伟大的斗争里
我平静、公开地
　　　　　选择我的位置。
没有它，
　　　　你和地球
　　　　　　对于我，仍然不够。
而你，是那样惊人地美丽，
　　　　　地球，是那样美好和温暖。

三

我爱我的国家：

我在它的梧桐树上荡过秋千，

我在它的监狱里睡过觉。

没有什么比它的歌曲和烟草更能振奋我的精神。

我的国家：

贝德瑞丁，西兰，尤努斯·艾姆拉，萨卡里亚河[1]，

灰色的屋顶和工厂的烟囱——

都是我的人民劳动的成果，他们垂落的胡须

藏着他们的笑

甚至他们自己也没有发现。

我的国家：

如此辽阔

仿佛没有尽头。

艾迪纳，伊兹米尔，乌鲁基什拉，马拉什，特拉布逊，

埃尔祖鲁姆[2]。

---

　　[1]　贝德瑞丁（1359？—1420），土耳其学者，神秘主义者。西兰（1489—1588），奥斯曼建筑家。尤努斯·艾姆拉（1250—1320），土耳其民间诗人。萨卡里亚河，安纳托利亚中部的主要河流。

　　[2]　艾迪纳，伊兹米尔，乌鲁基什拉，马拉什，特拉布逊，埃尔祖鲁姆，均为土耳其地名。

埃尔祖鲁姆高原，我只知道它的民歌，

我羞于承认

我还不曾穿过塔乌鲁斯[1]

拜访那里，南方

　　　　　摘棉花的农民。

我的国家：

骆驼，火车，汽车，病驴，

白杨，

柳树，

　　　红土。

我的国家：

安卡拉平原的山羊，

金色的长羊毛，闪着丝绸般的光泽。

吉雷松[2]饱满多肉的榛果。

阿马西亚[3]芬芳的红苹果，

橄榄，

　　　无花果，

　　　　　　甜瓜，

---

[1]　塔乌鲁斯，在土耳其南部。

[2]　吉雷松，土耳其地名。

[3]　阿马西亚，土耳其地名。

各种颜色
　　　成串的葡萄，
犁铧，
黑色的公牛，
我的人民，
　　　随时准备拥抱
　　　　　大眼睛的孩子们的欢乐，
和一切现代、美好而善良的事物——
诚实、勤劳、勇敢的人民，
　　　半温半饱，
　　　　　仿佛奴隶……

　　　　　　　　一九三九年二月

　　　　　　　李以亮　译

论二十世纪

"去睡
　　　一百年之后再醒来，我的爱……"
"不，
我的世纪并不使我畏惧。
　　　　　　　　我不是一个逃兵。
悲惨的、
　　　　可耻的世纪，
可爱的、
　　　伟大的、
　　　　　英勇的世纪。
我从不后悔生得太早。
我骄傲
我是二十世纪之子。
我乐于
　　加入

我们的阶级

为一个崭新的世界战斗……"

"一百年之后，我的爱……"

"不，无论怎样，都会显得太早。

我的垂死的世纪、破晓的世纪

那笑到最后的，笑得最好

——我的可怕黑夜，将与哭声一起走进光明

灿烂的阳光，

　　　　像你的眼睛……"

一九四一年十一月十二日

李以亮　译

卓娅

这是在一九四一年，十二月的最初几天，
白天，一天比一天短，
可是，夜晚
漫长得就好像我的监禁，
在一个覆雪的乡村里，
在俄罗斯的城市维列亚附近，
黎明刚刚放出耀眼的青色光辉，
德国人绞杀了一个十八岁的姑娘，
但是他们不知道她的名字。
这种年纪的姑娘——是晨星，是快要结婚的少女……
一位少女不在世上了。
她被绞死了。

这个姑娘
在莫斯科生长、学习，

她是一个共青团员，

她当了游击队员，参加了战争。

她那颗处女的心相信

伟大的事业，

唯一的真理。

这个美丽的、生着柔嫩的颈子的姑娘

拿起了武器，走向敌人。

她成了一个

有着无比的荣耀的人。

手掌在雪地里、在黑暗中摸索！

为了温柔和劳动而创造的人的手在摸索。

彼得里舍沃的马棚发出熊熊的火焰——

可惜，那儿是马匹，不是匪兵，——

电话线已经被割断了。

年轻的处女的手啊……

它们本来是可以重翻一翻《战争与和平》的，

本来是可以在婚后的夜晚搂抱她的爱人的……

是为了这个，是为了这个，

她才躺在敌人的军火库的旁边，

一条盖着雪的小沟里。

要检查一下燃烧瓶，

火柴……

火柴吗，就在这里。

今天的天空是多么美好啊！

擦着火柴……用手一甩……

敌人跑来了。

　　扑来了。

　　　　　　拖着她在雪地上走。

啊，多么美丽的星空啊！

　　桌子上摆着吃剩下的香肠，

　　没喝完的白兰地和咬剩的面包块。

　　军官们睁大眼睛望着那个姑娘。

站着的不是她吗，红色的女游击队员，

下身是棉裤，上身是软皮的短大衣，

肩上背着行军囊，头上戴着皮帽子，

皱着眉头，倔强的纹路出现在唇边。

这两朵花瓣是多么娇嫩呀，可是它们决不会让步。

敌人什么都等待不到！不管怎样！

　　　　　　　　永远都等不到！

啊，粗糙的核壳里的新鲜的杏仁呀，

　　你怎么会落到这里？

　　房子的主人被赶到厨房里去了——

　　一个女人，一个小孩，一个老头，

　　一炉通红的火。

　　他们坐着，一个紧挨一个。

　　仿佛同世界已经隔离，

　　仿佛被豺狼赶上了高不可攀的山顶，

　　敌人的声音，好像黑夜的雷，

　　在他们头上响：

敌人问她。

她回答："不知道。"

敌人问她。

传来了回答声："不是。"

敌人问她。

她回答道："我不说。"

"不是。我不说。不知道。"

再也没有别的话来回答。

别的话都忘记了。别的话都没有了。

只有新生的婴儿才会

那么纯洁。

只有两点间最短的线才会

那么正直。

好像蛇在沼泽里低啸，

皮鞭呼啸着，打着。

打了一下又一下。

马上就要喊叫了，回答了。

但是没有呻吟。没有回答。没有乞求怜悯。

一个年轻的小军官突然跑进这昏暗的茅屋里，

倒在长板凳上，堵住了耳朵，闭紧了眼睛，

他就这样坐在那儿不动。

可是，皮鞭在墙后面呼啸着：打着。

小孩子在数着打了多少下：

一百，

卓娅

一百五，

二百。

然后又开始审问。

她回答："不知道。"

又问她。

传来了回答："不是。"

又向她发问。

她回答道："我不说。"

别的话都忘记了。

别的话都没有了。

这个女游击队员沉默着，

不想乞求怜悯。

声音的清澈的泉源

幽暗了，嘎哑了，流血了。

从前，这个泉源沿着平滑的草地缓缓地涌流，

现在，它的道路上是石块和土丘。

他们把她赶到严寒的露天里，她赤着脚，穿着一件

汗衫。

她在月光下，在祖国的雪原上行走着。

祖国的雪原在赤脚下都变成红色了。

两边是两把德国人的刺刀，——

啊，路途真是无限的遥远啊！

瓦西里·库里克的茅舍，高大的门槛。

她倒在那长板凳上，

要一点水喝……

德国的匪兵们，像苍蝇似的把她围住了。

由于无聊、愚蠢，或者干脆是

由于野兽的习性，

他们把燃着的火柴举到她那肿起的唇边。

可是后来连这个都厌倦了，

都去睡觉了，

打起鼾来了。

一个卫兵暖和过来，

用刺刀把她赶往门口。

那个小孩正贴近玻璃站着，

他靠近了窗子，忽然呆着不动，

他注视着，用浅蓝色的眼睛注视着，

她赤着脚在月光下的雪地上行走。

星星在她的头上闪耀。

那个孩子将来会长大的，他一生中将遗忘许多事情，

他将会在人生的路上遇见爱情，他将会很幸福，

但是有一天，像用德国人的刺刀一样，

残酷的记忆要刺穿他的心，

纵然是在夏天的正午，

纵然是在炎热的夜晚，

心儿也会冷却。

孤寂的乡村的街道，半夜，繁星，雪原，

一个女游击队员在赤着脚行走。

到了夜深的时候才把她送进房子里。

卫兵们换班了，

只留下了这个女游击队员，

一点不动地躺在长板凳上。

她十八岁了，

他们马上就要把她杀死了，

她自己也知道。

但是，她不怕死：

她就是胜利的开始。

她望着自己的赤脚和臃肿的腿，

看得见那是什么样子，但是感觉不到疼痛。

她的仇恨，

她的信心，

她的胜利，

像学校里的功课一样吸引着她。

她在回忆什么呢？

她的母亲的脸……

十年制学校的教室……

放在女学生的小桌子上的蓝色的水罐，

水罐里插着几枝带雪的野樱花……

女学生的小桌子上面

还放着亲爱的伊里奇的相片……

她在回忆什么呢？

短衣上的花朵……

第一次的空袭……

军队在行进，行进……

秋天。树叶落了。

一个电车站。

"不要再送了，妈妈。

我们就在这儿告别吧。"

她在回忆什么呢？

共青团区委会……

桌子上铺着红布，桌子上放着玻璃杯，玻璃杯里有水……

她听见自己的清朗的声音：

　　　"我什么也不怕，我一切都准备好了。

　　　送我到那里去吧。"

这是在什么时候？

　　　　　什么时候？

她听见自己的嘎哑的声音：

　　　"不是。我不说。不知道。

　　　我不说。不知道。不是。"

"你叫什么名字？"——

　　　　　法西斯匪徒们问道。

一个名字在她的心里响："卓娅。"

可是传来了她的回答：

　　　　"我叫达吉雅娜。"

她叫卓娅，

然而她对敌人叫自己做丹娘。

丹娘！

在布尔萨监狱的昏暗中

你的照片放在我的面前。

丹娘。

你大约不知道世界上有布尔萨监狱，

丹娘。

布尔萨是一个丰饶的绿色的地方，

但是布尔萨的监狱是窒息而阴森的，

但是在布尔萨的监狱，在我的面前，放着

你的照片，

丹娘！

但是今天不是一九四一年，

今天

世界上的年代是一九四五年。

你的人们在斗争，

我的人们在斗争，

全世界正直的人们，

我们伟大的正义的士兵们在斗争，

现在不是在莫斯科的大门旁边，

而是在勃兰登堡门旁边。

丹娘！

我像你一样爱自己的祖国。

我是土耳其人，

你是俄罗斯人。

我们——都是共产主义者，

丹娘！·

因为你爱祖国，他们把你绞死，

因为我爱祖国，他们把我关进监牢，

但是我还活着，你却死了，

你活在大地上的时间是多么短啊，

你看见的阳光是多么少啊，

你一共才十八岁呀，

丹娘！

你是一个被敌人绞死的女游击队员，

我是一个被监禁在狱中的诗人，

但是没有东西能隔开我们！

你是我的女儿，

你是我的同志，

丹娘，

我在你的面前低下了头！

你的眉毛弯得多么美呀，

你的眼睛好像两颗杏仁，

但是它们是什么颜色呢，从你的照片上

看不出来

丹娘！

我读到过：它们是褐色的，你的眼睛。

在我的国家里也有很多褐色眼睛的孩子。

你那乌黑的头发

并不比我的孩子梅汉麦特更长啊，

丹娘！

你那孩子般的前额是多么宽阔而开朗啊，

它是安详的，像月亮一样发着光。

你的脸是多么的灵秀，

你那孩子似的脖子是多么的柔嫩；

这脖子上不该是绳套、绞索，

它的上面应该是项链。

你是多么纯洁啊，丹娘！

我喊叫了同志们，

他们急忙跑到我这儿。

他们仔细瞧着你的照片，

低声地说道：

　　　"我的女儿正是她这个年纪。"

　　　"我的妹妹正是她这个年纪。"

　　　"我的妻子正是她这个年纪。"

在我们这个炎热的国家，

姑娘们都出嫁得很早啊，

丹娘！

我们那在工厂、在田野、在学校里的女孩子们——

都是和丹娘同年啊。

　　　她死了。

　　　　多少正直的人在斗争中死了啊！

丹娘，丹娘，我很惭愧，让我向你承认吧：

在监禁中我七年没有战斗了，七年白白过去了，可是我还活着。

早晨，把丹娘叫起来，胡乱地给她穿上衣服……

（德国人偷走了她那双毡靴，她的皮大衣和皮帽子都不见了。）

他们把那个燃烧瓶给她挂在脖子上，

把那行军囊给她背在肩头上，

把她穿戴好了，送她走上最后的道路。

在一块木板上用粉笔写着：

女游击队员

并且把这块木板挂在她的胸前。

大门敞开了！

街上一片阳光，一片雪白。

德国人在用枪托驱赶着农民，

四面八方都是匪兵。

看吧，绞刑架就在村子中心的广场上。

两个装通心粉的木箱子叠在一起。

他们把丹娘押来了，把她拖上了木箱子。

她直挺挺地站着，头顶上就是绳套。

你显得多么高啊……

太阳还隐藏在雾里……

亲爱的大地，她是看得你多么清楚呀。

他们把绳套套上那美丽的脖子，

　　　　　她用手把它拉松了。

她还要多活一会儿……

人，周围都是人。

"同志们，把头抬高一点。

　　　　　不要让法西斯匪徒们安静！

杀吧，烧吧，破坏吧，同敌人斗争吧！"

一个法西斯匪徒打她的脸，

鲜血从烧焦了的嘴唇里涌出，

火热的、像鲜血一样的言语也往外倾注：

"你们不能把所有的人都绞死！

我们一定会胜利！

　　　　我们的人很多！

　　　　　我们有两万万人！"

群众激动了……

有人发出压抑着的呜咽，有人在哭泣……

太阳倾泻出更明亮的光了，大地变得更美丽了。

亲爱的大地啊……

刽子手把绞绳套上了。

那生着天鹅般的脖颈的姑娘开始呼吸困难了。

再见了，永别了，美好的早晨啊！

她踮起了脚尖，向前走了一步。

"永别了，同志们！不要哀悼我！

为自己的人民而死——是幸福的！

我从这儿听得更清楚，看得更明白，

　　　　我听见马蹄嘚嘚地响了。

我们的人要来了！斯大林要来了！"

一只士兵的大靴子踢开她脚下的木箱。

她那年轻而有力的身躯弹了一下，摇晃起来。

好像是进攻的信号，

　　好像是未来胜利的消息，

　　　　好像是不朽的象征，

它在大地的上面飞升。

　　　　　　　　　　　　　一九四五年

　　　　　　　　　　　魏荒弩　译

狱中书简，一九四五

我是多么欣慰，当我驰念着你，
亲爱的，寻求那希望的语言。
我是多么欣慰，当我内心里听见
你的声音为我而歌唱，
世界上没有比这再美妙的歌曲……
可是太少，太少，我不能满足于一个希望，
只听见歌声我更觉得难熬——
　　我也要歌唱。

一九四五年

陈微明　译

给派拉羿的信（选摘）

九月二十一日

我们的儿子病了
他的父亲在监牢里
而你沉重的头在你疲累的掌心上——
我们共尝世界的辛酸。

人们将相扶到较美好的日子
所以，我们的儿子会好起来
他的父亲将出狱
而你金色的眼睛里将再度微笑
共尝世界的辛酸。

九月二十二日

我读一本书：

　　　　　　　你在其中

听一首歌：

　　　　　　　你在其中。

我坐下来吃我的面包：

　　　　　　　你面对着我。

我工作：

　　　　　　　你面对着我。

虽然你无所不在

　　　　　　　你无法同我说话

我们听不见彼此的声音——

你，我八岁的寡妇。[1]

九月二十三日

现在她在做什么

就是现在，现在，现在？

她在家里呢或是在外头？

在工作或躺着或站着？

她也许正抬起她的手臂——

---

[1]　此处指诗人坐了八年牢，妻子为他守了八年寡。——编注

呵，我的爱
　　　她的这个动作
　　　　　　　使她强韧的手腕看起来有多裸露。

现在她在做什么
　　　　　就是现在，现在，现在？
也许她正抱一只猫在她膝上
　　　　　　　　　　抚着。
也许她正在走路，跨出另一步——
呵，那些美丽的脚
　　　　踮着脚尖把她带给我
　每当我看到黑暗事物的时候。

而她正在想——
　　　　　　　　我？
或在奇怪
　　　　　（唉，我不知道）
为什么白豆要煮这么久？
或者，也许，为什么这么多的人
　　　要继续这么，这么不快活？

但她现在正在想什么呢
　　　就是现在，现在，现在？

九月二十六日

他们把我们捉来
关在这监牢里
　　　我，在墙内
　　　　　你，在墙外。
我的处境并不怎么坏
还有更坏的：
不管自不自知
在你体内带着监牢。
今天很多人都这样子，
诚实的，勤劳的，良善的人们
而他们同你一般应得到爱。

十月五日

我俩都知道，我最亲爱的，
他们教我们
　　　　　　如何继续饥饿，感觉寒冷
　　　　　以及继续劳累直到死
　　　　　　以及各想各的。
到目前为止我们还没理由去杀人
而被杀这事儿
　　　　也还没成为我们的险遇。

你我知道，我最亲爱的，
我们能教导：

　　　　为我们的同胞奋斗
　　　　每一天，多一点点
　　　　　　从心中更诚意地
　　　　　　　如何去爱。

十月六日

云层移过：载着新闻，沉重地。
我揉皱我还没收到的你的信
在心形眼睫毛的尖端：

　　　无边的土地有福了。

而我有大叫的冲动：派拉羿
　　　　　派——拉——羿。

十月九日

从柜子里取出
我头一次看到你穿的裙子，
把康乃馨插上你的头发
那朵我从监狱里送给你的
不管它现在有多干枯。
打扮得好看起来，

给派拉羿的信（选摘）

像春天。

在像这样的日子里你绝不可显得
悲伤绝望。
绝不可以!
在像这样的日子里
　　　你必须抬头而高贵地
　　　走路,
　　　你必须以纳齐姆·希克梅特的
　　　妻子的自负走路。

一九四五年

非马　译

一九四五年十月九日

深夜里，我梦见
你和我两人又同在一起，
你忍受着那难以形容的痛苦凄然地望着我，
你坐在我的身旁，
抬起了头，伸出双手，
和我讲着话，
但是，我却听不到你的话语……

这时，仿佛在何处响着
节奏均匀的钟声，像在报道隆重的事情，
空气在轻轻地说着生命和大自然的无穷，
同时，也听到地下膨胀了的种子的苗芽
冲破了土壤，
它们想走到光明的地方，
看看星星。

广大的人群行动着，
大地响彻着他们的步伐……
——你润湿的双唇轻声地谈些什么话，
但是，我却听不到你的话语……

我气恼得醒来，
才知道这夜睡在书上。
铁锁沉默着，
狱中的石墙也一语不发，
但是，在夜半时分，
我却和朋友们谈着话，
你也和我同在一起。

　　　　　　　　　　丘琴、刘兴杰　合译

信

一

秋夜，灰暗无星。
我脑子里充满了你的话，
话是无穷无尽的，像时间，像物质，
话是明亮的，像是星星闪烁在我俩的头上，
话是有力量的，正像你的手臂！

它们来到了我的牢房里，
你的话。

你的话就是你的心，

它走向我的心。

你的话就是你的思想，

它走向我的思想。

我接待你的话，

像接待你本人一样！

你的话是母亲。

你的话是女人。

你的话是同志。

你的话像英雄一样。

你的话像人们一样。

二

他们逮捕了我们。

我们坐了牢。

哨兵和围墙隔离着你和我。

但重要的是——我们和谁在一起？

我们又该怎么样？

更坏的是那些

给自己背上牢狱包袱的人们：

他们就带着这样的重负来见我们。

可是也有另一种人：

公正的，爱劳动的好人。

我爱他，好像我爱你！

三

有人说，你们在伊斯坦堡[1]生活贫困。

饥馑像刈草一样地摧毁着人们。

我曾听说，近年来肺结核

更有力地抓住了人们的咽喉。

我又曾听说，我们那儿的女孩子

早就死在廉价的电影院的门槛上。

来自远方可怕的消息说，

惊人的家乡传说，

都是关于我那伊斯坦堡的真相，

在那里度过了我的青春，有我的老家；

这个城市，是我根生土长的地方，

我拖着它，好像驼着背，

走在尘土飞扬的崎岖路上——

从流放到流放，

从牢狱到牢狱，

亲爱的你就住在这个城市里，

它在我心里像一把刀，

它在我的眼睛里

好像是你！

---

[1] 即伊斯坦布尔。

四

夜间，谁也不知道，
雪突然降落在布尔萨[1]的平原上，
花园里的白银死样寂静，
乌鸦在树枝上像佛珠似的发黑。
在冬天第一个早晨，有人这么说，
我们的视线可以望到无穷的地方。
原来，自然界本身
进行真正的、秘密而缓慢的斗争。
突然
向前跃进！
这就是说，
在这骄傲而勤劳的土地上，
生命之流无穷无尽……

五

亲爱的，我们
受到过一切教训，——
挨饿、
受冻，

---

[1] 布尔萨城，就是希克梅特被囚禁之地。

驮运着不胜任的重负，
长年被隔离着独居。
暂时还不到我们死的时候。
而且我们也不愿意死。
亲爱的，我们有权力
教导人们，
老实说，我们一定教人，
该怎么珍惜每一天
活得更长一点，
过得更好一点……

陈微明　译

九周年

雪深及膝的一个夜晚
我的奇遇开始了——
我被从晚饭的桌子边拽起，
塞进一辆警车，
塞进一列火车，
然后锁进一间囚室。
距今已足足九年零三天。

走廊里，一个担架上的男人
奄奄一息，躺着，张大嘴，
长久铁窗生涯的痛苦在他脸上。

我想到隔绝，
　　　使人生病的隔绝，
　　　　　如同对待疯子和死人：

首先，七十六天

　　　　　　门窗紧闭的敌意，

然后，塞进船舱七个星期的航行。

可是，我没有被打败：

我的大脑

　　　　　　是我身边的第二个人。

我不记得多数人的脸了

——只记得他们尖长的鼻子——

多少次，他们在我面前集合！

当宣读我的判决书时，他们只有一个考虑：

　　　　　　　　　至少要使人印象深刻。

　　　　　　　　　但是没有。

他们更像是物质，而不是人：

如同墙上的钟，愚昧

　　　　　　　而且骄横，

悲哀而可怜，如同手铐、锁链，诸如此类。

一个没有房屋和街道的城市。

成吨的希望，成吨的悲伤。

没有隐私的距离。

四条腿的生物，猫狗而已。

我活在一个一切都被禁止的世界！

嗅一嗅情人的脸：

　　　　　　禁止！

与自己的孩子一起吃饭：

　　　　　　　禁止！

离开监视屏、看守站

与兄弟或母亲说一句话：

　　　　　　　禁止！

寄一封写好的信

或收一封盖过邮戳的信：

　　　　　　　禁止！

上床关灯：

　　　禁止！

下十五子棋：

　　　　禁止！

无法禁止的，

　　　　不是藏进心里或放在手上的东西

　　　　　　是爱、思想、理解。

走廊里，担架上那个男人死了。

他们把他弄走。

现在，没有了，没有痛苦，

　　　　　没有面包，没有水，

　　　　　没有自由，没有监狱，

　　　　　没有热切的女人，没有看守，没有臭虫，

　　　　　没有凝视他的猫。

　　　　　人时已尽，万事告终。
我的时日，却还要继续：
我的头颅仍要爱、思想、理解，
无力的愤怒，仍在噬咬着我，
从早晨开始，我的肝，又在疼……

　　　　　　一九四六年一月二十日

　　　　　　　　　李以亮　译

我坐在大地上

我坐在大地上，
　　　看着大地，
　　　看着青草，
　　　看着蠓虫，
　　　看着浅蓝的花朵。
你像春天的大地，亲爱的，
　　　　　　　　我看着你。
我躺在地上，
　　凝视着天空，
　　凝视着树枝，
　　凝视着飞翔的仙鹤，
你像春天的天空，亲爱的，
　　　　　　　　我凝视着你。

夜间，在田野里燃起篝火，

　　抚摸着火苗，

　　抚摸着溪水，

　　抚摸着毛线衣，

　　抚摸着银项链，

你像篝火，燃烧在

　　　　　繁星的天空下面，

　　　　　　　亲爱的，

　　　　　　　　　我抚摸着你。

我和人们在一起。

　　　我爱人们，

　　　　爱运动，

　　　　爱思想，

　　　　爱我的斗争，

你是我斗争中的同伴，亲爱的，

　　　　　　　我爱你。

　　　　　　郁泯、王槐曼　合译

还是那颗心，还是那颗头颅

亲爱的，不，这绝不是空谈：
我像一粒子弹似的穿过十年被俘的岁月，
就任凭在这途程中，我得了病吧，
我还是那颗心，还是那颗头颅。

一九四七年

铁弦　译

二十世纪五十年代出狱后的希克梅特

希克梅特肖像

一九五二年希克梅特访华时

二十世纪五六十年代希克梅特
流转于莫斯科和东欧

Cumhuriyet
Ateş kes müzakerelerinde Sanai Mançlara
terakkiler kaydediliyor

Nihayet resmi de geldi

ken bu sefer resim faslı başladı
Sovyetler, Nazım Hikmetin Mos-
kovada aldırdıkları boy boy, şe-
kil şekil resimlerini bütün dünya
fotograf ajanslarına dağıtmağa baş-
lamışlardır. Yukarıda gördüğünüz
resim, bunlardan biridir. Bu fotoğ-
rafı sütunlarımıza geçirirken şair
Eşrefin Abdülhamide yaptığı tav-
siye aklımıza geliyor. Bu tavsiye
«resmini teksir ettirip dağıt ki
millet doya doya yüzüne tükür-
sün» mealindedir. Biz de yukarıki
resmi Nazım hesabına aynı gaye
ile basmış bulunuyoruz.

1951年，刊有诗人希克梅特（左）照片的刊文，号召人们往诗人身上吐口水。

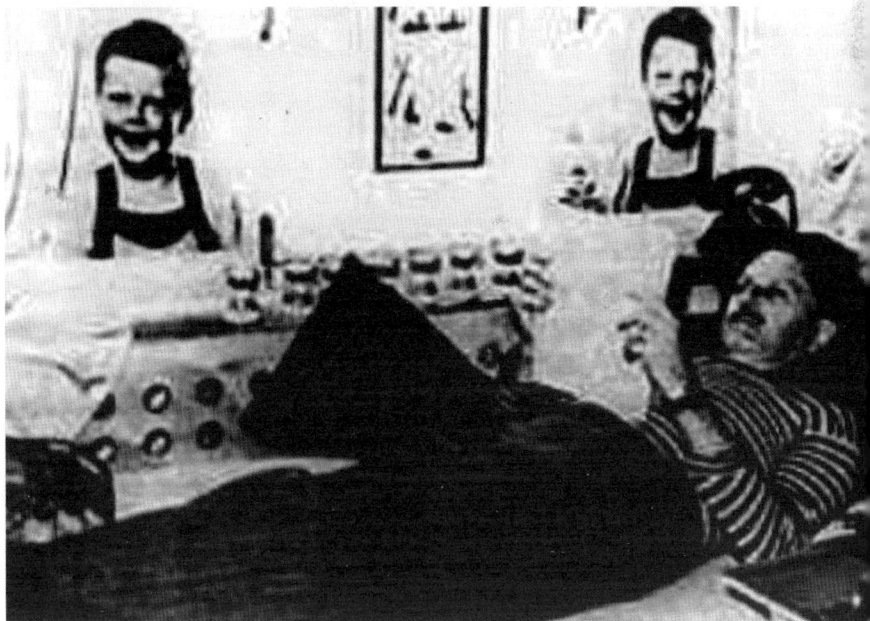

希克梅特生活照

司徒乔速写

希克梅特在亚洲及太平洋区域和平会议上讲话

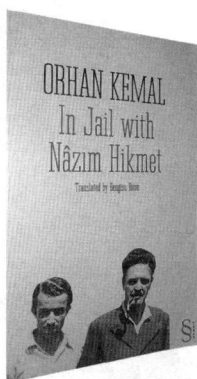

希克梅特著作

唐·吉诃德

不朽青春的骑士
在五十岁时发现他的心智合一
而在七月的一个清晨出发去攻取
正义、美丽与公理。

面对一个充满愚昧及傲慢巨人的世界，
他在他惨兮兮却勇敢的老瘦马背上。

我知道渴求某种东西的滋味，
但如果你的心只有一磅
　　　　　　十六盎司重
没有道理，我的唐，去同
　　　　　　这些无知的风车打仗。

　　但你是对的，当然，杜辛妮亚[1]是
　　你的女人，这世上最美丽的；
　　我知道你会把这事实大声
　　当着市井贩夫的面宣布；
　　但他们会把你从你的马背上拉下来
　　揍你一顿。
　　但你，打不败的我们理想的骑士，
　　将继续在厚重的铁盔后面发光
　　而杜辛妮亚将变得更加美丽。

　　　　　　　　　　　　　　　　一九四七年

　　　　　　　　　　　　　　　　非马　译

---

　　[1]　唐·吉诃德称呼他所爱农妇的名字。

我爱你

我跪着：我注视大地，
青草，
昆虫，
蓝花绽放的叶茎。
你像春天的大地，我的爱人，
　　　　　　　　我看着你。

我躺着：我看见天空，
树枝，
飞翔的鹳，
一个醒着的梦。
你像春天的天空，我的爱人，
　　　　　　　　我看着你。

在夜里，我点燃篝火：我抚摩火，

水，
布，
银。
你像星空下点燃的火，
　　　　　　我抚摩你。

我走到人民中间：我爱人民，
行动，
思想，
斗争。
你是我斗争历程里的一个人，
　　　　　　我爱你。

　　　　　　　　　　一九四七年

　　　　　　　　李以亮　译

地球上最奇怪的生物

你就像一只蝎子，我的兄弟，
怯懦地活在黑暗里
　　　　你就像一只蝎子。
你就像一只麻雀，我的兄弟，
像麻雀总在扑腾。
你就像一只蛤蜊，我的兄弟，
像一只蛤蜊闭合，满足，
或担惊受怕，我的兄弟，
　　　　你就像一座休眠的火山。

不足一个，
不是五个——
不幸啊，数以百万。
你就像一只绵羊，我的兄弟：
　　　当恼怒的牧人扬起棍子，

你就迅速加入羊群

——几乎是怀着骄傲，跑向屠宰场。

你们呵，你们是大地上最奇怪的生物——

比鱼还奇怪

　　因为水而看不见海洋。

世界上的压迫

　　多亏了有你。

如果我们饥饿、受累、浑身血，

却还要被碾碎，像造酒的葡萄，

　　这是你们的错——

我呀，几乎没有勇气这样说，

但是，这大部分是你的错，我亲爱的兄弟。

一九四七年

李以亮　译

邀请

从最遥远的亚洲奔驰而来
伸进地中海
像一个马头——
这国家是我们的。
手腕淌血，牙齿咬紧，脚赤露
在这丝毯般的泥土上——
这地狱、这天堂是我们的。
关起奴役的大门，使它们关着，
阻止人崇拜另一个人——
这邀请是我们的。
活着，自由而单独像一棵树
但在兄弟之爱中像一座树林——
　　　　　这热望是我们的。

一九四七年

非马　译

自从我被投进这牢洞

自从我被投进这牢洞
地球已绕了太阳十圈。
如果你问地球，它会说：
　　　"不值一提
　　　这么微不足道的时间。"
如果你问我，我会说：
　　　"我生命里去掉了十年。"

我被囚禁的那天
　　　　我有支小铅笔
不到一个礼拜我便把它用完。
如果你问铅笔，它会说：
　　　"我整整一生。"
如果你问我，我会说：

"又怎样？只不过一个礼拜。"

奥斯曼，正为谋杀罪服刑

　　　当我第一次进入这牢洞，

　　　在七年半后出去；

　　　在外头享受了一阵生活

　　　又为了走私案回来

　　　而在六个月后再度出去。

　　　昨天有人听说，他结了婚

　　　来年春天要有小孩。

那些在我被投入这牢洞的那天

　　　受孕的小孩

现在正庆祝他们的十周岁。

那一天出世的

　　　在它们细长腿上摇晃的小马

现在也必变成

　　　摆荡着宽臀的懒马。

但年轻的橄榄枝依然年轻，

　　　还在继续成长。

他们告诉我，我来这里以后

故乡新造了个广场。

我那小屋里的家人

现在住在

　　一条我不认识的街上

　　另一座我无法看到的房子里。

面包白得像雪棉

我被投进这牢洞的那年

然后便开始了配给。

这里，在牢室内，

　　人们互相残杀

　　　　为一点点黑面包屑。

现在情形比较好些

但我们的面包，没有味道。

我被投进这牢洞的那年

第二次世界大战还没开始；

在达考[1]的集中营里

煤气炉还没被造起；

原子还没在广岛爆裂。

呵，时间流着

　　像一个被屠杀的婴孩的血。

现在这些都已成过去

---

[1]　一九四七年注：Dachau，纳粹消灭犹太人的集中营。——译者

但美元

　　　　早已在谈论着

　　　　　　第三次世界大战……

都一样，现在日子比

　　我被投进这牢洞里时

　　　　　　　　明亮

从那天以后

　　我的同胞们半撑着肘

　　　　　　　起来了；

地球已绕了太阳

　　　　十圈……

但我用同样热切的期望重复

　　那我在十年前的今天

　　　　为我的同胞们写的：

"你们多如

　　地上的蚂蚁

　　　　海里的鱼

　　　　　　天上的鸟；

你们可能懦弱或勇敢

　　目不识丁或满腹经纶。

而因为你们是所有事业的

　　创造者

　　　　或毁坏者，

只有你们的事迹

　　将被记录在歌里。"

而别的，

　　诸如我十年的受难，

　　　　只不过是闲话。

　　　　　　　　　一九四七年

　　　　　　　　　非马　译

在哈米达王的时代

在哈米达王的时代
我的父亲在也门[1]
服务不到十年时光，
他是高级的官吏，总督的儿子。

我背叛了我的阶级，成了共产党员，
我所服务的地方就是监狱，
在这奇妙的土耳其共和国时代，
我在单身牢房里坐了九年。

---

[1] 也门是阿拉伯半岛西部的一个地方，第一次世界大战前为土耳其帝国属地，1934年后为独立国家。

我这职务虽然不是自愿，
却也用不着抱怨。
我的职务不过是爱国者的天职，
谁也不知道有多长的期限。

一九四七年

铁弦　译

狱中书简，一九四七

好像鲜血从静脉里倾流，
秋风吹动着牢狱的窗户。
在乌鲁达山上该是白雪纷飞的光景，
那里，披着毛绒厚皮的熊群
在古老的茂盛的栗树密林里，
蜷曲着，睡在红叶的胸怀里。
下面，在溪谷里，散落着
我喜爱的——高大白杨的枝叶……
冬天来临了。大地在睡梦中被人遗忘，
准备在来年春天觉醒，
在强烈的，充满生命力的沸腾中觉醒。
冬。我们和过去一样地过冬：
把我们烤热的将是伟大的愤怒的火焰
和骄傲的希望。

一九四七年

陈微明 译

143

狱中书简，一九四八

你的儿子病了。你的丈夫坐牢。
你那负重的肩膀被压折了，
还有你的头，因苦于思索，
低垂在被折磨的手上……
你的命运——全土耳其的命运。
可是我知道：我的国家
正在从艰苦的日子走向那幸福的未来。
你的儿子将恢复健康，你的丈夫
将从牢房里被解放。而你的眼睛
将放射出来永不消逝的微笑的光芒。
你的命运——全土耳其的命运。

一九四八年

陈微明　译

事情就是这样

在扩展的光中央，
我的手激奋，世界美丽。
　忍不住要看树：
　它们是如此充满希望如此青绿。
一条阳光小道伸展过桑树那边，
我站在监狱医院的窗前，
　闻不到药味：
　一定有康乃馨在什么地方盛开。
事情就是这样，我的朋友。
问题不在被俘，
而在怎样避免投降。

一九四八年，皮尔萨监狱

非马　译

Angina Pectoris
（心痛症）

我的心呀一半是在这儿，
而另一半，医生，另一半
是在中国，
是在那滚流向黄河的部队中间。
还有
每天的清晨，医生，
每天的清晨，
在希腊，
我的心呀
被拖出去枪毙。
还有
每天的深夜，
当囚犯们都熟睡啦，
整个牢狱静息了下来，

我的心呀

就在斯坦布尔，在那儿，

在我的旧居的那条巷子里。

还有，医生，

这已经是十个年头啦，

我能用来款待

我的穷苦的人民的，——

就是这个苹果，

瞧，

就是这个红苹果，

就是我的心。

医生，这就是为什么

我的心在痛。

此外还用再说那牢狱，

尼古丁

和硬化症！

我看着牢狱的铁窗外面。

夜色是一片漆黑。

虽然我的胸膛被抑压住，

但是我的心，

我的心呀，

和星星当中

最明亮的一颗星呀一同在跳跃。

一九四八年

戈宝权　译

一次旅行

遥远的机场的
　　　灯光照进夜空
像白色的火焰，
我错过的火车，闪烁着潜入黑夜，
　　　带走了我的一部分。
我在旅行。

我在旅行。
人们的眼神是苍白的，
死水散发恶臭。
我经过谎言与愚昧的沼泽地
　　　没有迷失于人一样高的芦苇丛。

我在旅行，
躬身和女人们坐在一起，

她们的手压在平坦的腹部，
或赤脚跑在风中；
我和死者在一起，
和那些被遗忘在战场和街垒的人在一起。

我在旅行，
乘着卡车
　　　　拉着囚犯
　　　　　　穿过城市，
　　　　　　　湿润的沥青路在晨光中闪亮……

我在旅行——
我不能得到足够的你用牙齿压碎的葡萄，
或者，百叶窗遮住的夏日午后的你的床。

我在旅行：
全新的建材，等待在仓库里，
希望放射绿色的光芒犹如年轻的松树，
矿灯在前额闪耀
　　　　在一千米深的地底。

我在旅行
在月亮下，
在阳光和雨中，
与四季和所有的时间在一起，

与昆虫青草和星辰在一起，
与大地上最诚实的人民在一起——
我是说，像小提琴一样热情、
像不会开口说话的儿童一样
无畏和无情。
随时准备
像飞鸟一样轻易地死去
　　或者活够一千年……

一九四八年

李以亮　译

理解

从母亲在摇篮边唱的歌曲
到广播员报告的消息，——
都说在大地的每一个地方，在人们心中，
在书籍里和街道上，要把谎言战胜。
理解：什么正在死亡，什么来代替它，
啊，这就是最高的幸福！

一九四八年

孙玮　译

这是我被监禁的第十二个年头[1]

是我被监禁的第十二个年头啦。

我变成一个活死人，已经是第三个月。

我是一个死人

丝毫不动地躺在地板上，

我是一个活人

用厌恶的心情看着这个死人，

注视着他那死沉沉的、毫无表情的面孔。

我什么办法都没有啦……

这个死人自己折磨着自己，

---

[1]　这首诗的土耳其文原题是"毛泽东的军队怎样拯救了我"。一九四九年时，诗人由于长时间被监禁在牢狱里，无法帮助自己的人民和同志们从事斗争，因此心情处于非常苦恼的状态。就在这时候，他的母亲到牢狱里来探望他，告诉了他中国人民胜利的消息。这个消息带给了诗人无限的勇气和新的力量。

他是孤独的，

　　　　　正像所有的死人一样。

门锁突然响了一声。

一个年老的女人走进来，

站在门旁——

　　　　　她就是我的母亲……

母亲和儿子抬起了这个死尸。

我抬住他的双脚，

　　　　　她扶住他的肩头，

开始慢慢地把他举起来

抛到扬子江里面去。

就在这时候，从中国大地的北方，

光芒四射的部队正向南方滚流。

一九四九年

戈宝权　译

对将要坐牢的人几句忠告

如果你还相信
祖国、世界、人类——
他们不是把你押上绞刑台，
就是把你投入监狱。
你将在那儿坐着，
几乎一直坐到死，
纵然在死亡的界标那边，
我的好朋友啊，在那儿
你的灵魂也得坐着
度过宇宙的剩余时间。

但是，在监牢里你不要请求
把你用一根绳索
像军舰上的小燕尾旗似的
高高地向天空吊起，

因为，即使生活成了重担，
你还没有喝完一杯生命的酒！
这一点你自己也知道：
只要你还活在世上，
你活着的每一个日子
就是对敌人的一个打击。

在监牢里，你会成为
一个孤独的人，
像一块石头
躺在漆黑的井底。
但是，你的一部分灵魂
应该和我们留在一起，
如果树林中的一片叶子
掉进奔流着的溪水，
你在监牢里也应该感觉到
这片树叶落下时的声音！

在监牢里面，你会
想出一些悲哀的歌曲，
你会躺在床板上不动，
成星期地等待着来信，
然而，这是愚蠢的，危险的；
走了进来，你先要剃剃胡须，
提防虱子爬上你的衣裳，

不要在夜晚梦想春天，
记住：春天的日子，
牢房里令人特别难熬。

整块面包你都要吃完，
一点残渣也不要留下，
抛开你的忧愁吧，
随时地放声大笑吧，
汤盘里的食物
也不要剩一调羹……
也许，人们忘记了你？
这自然不那么容易忍受……
也许，人们不再爱你？
那可真是坏运气……

不过你要记住：在监牢里
甚至于树木上的绿芽
你也会觉得它是枯枝——
这是心灵的错觉。
你在监牢里要忘记香花——
去幻想你正在爬上峭壁，
正在大风浪的海洋里航行，
正在呼吸咸味的海风，
你去想吧，读吧，写吧，
可是不要等待回答。

去坐到织布机旁边，
去用钻石琢磨玻璃，
十年、十五年时光的飞驰
将要快过一个星期，
连你觉得不可思议的事情，
也会很快地实现，
忧愁不能再使你迷惑，
藏在你左胸中的
那颗最宝贵的钻石，
理智也将使它平静！

一九四九年

铁弦　译

你们的手和他们的谎话

你们的手像石头一样坚硬、粗糙，
像刑讯室里的囚犯

      在鞭挞声中高唱着的歌曲一样悲哀
它们像驮着重载的牲畜一样

      笨重，不容易抬起，
它们使我回忆起饥饿的孩子们的憔悴的面孔。
你们的手像蜜蜂一样轻巧、灵活，
你们的手比充满奶水的乳房还要沉重。
它们像生命的向前发展一样勇敢，
在它们的粗糙的皮肤下面，

      却是朋友们握手时的温柔。

不，这世界并不是站在牛角上，

这世界是稳稳地握在你们万能的双手里。

人们啊，我的人们，

　　　　　　他们用谎话来喂养你们，

当你们饿得痉挛着的嘴唇

　　　　　　　　　　需要面包和肉的时候。

你们从来也没有吃过一次，

就离开了这累累的果实压断了每一条树枝的世界。

人们啊，我的人们，在非洲的，在亚洲某些地方的，

在近东的，远东的，在太平洋波浪滔滔的岸边的人们

　啊！

我的所有的国家，

　　　　　　地球上百分之七十以上的人民，

你们，像你们的手一样，苍老而又迷惘，

　　　　　　　　　美妙而且有力量。

人们啊，我的人们，

　　　　　　我的美国人，我的欧洲人，我的兄弟！

像你的手一样，你是健忘的，你像水银一样地爱流动，

你们要当心啊！

　　　　他们将会用那有毒的谎话来诱惑你们。

他们很容易欺骗你，像欺骗你的手一样。

人们啊，我的人们，

假使天线每时每刻都在对你们撒谎，

假使卷筒印刷机对你们撒谎，

假使每一本书从头至尾都对你们撒谎，

假使墙上的广告，电线杆上的招贴都对你们撒谎

假使光着大腿的女郎们在银幕上对你们撒谎，

假使祈祷对你们撒谎，

假使是摇篮歌撒谎，

假使梦、餐馆里的提琴和提琴手撒谎，

假使他们每到了没有月亮的晚上就对你们撒谎，

假使那劝你们"不要说话！"的声音对你们撒谎，

假使文字对你们撒谎，

假使色彩撒谎，

假使一切，除了你们的手以外

　　　　　　　　　　　　　一切都对你们撒谎，

假使他们编造了笑话对你们撒谎，

假使所有的事物和所有的人都在拼命地撒谎。

那么，你们就该知道，所有的事物和所有的人们

　　死也不放松地

　　　　　　　　对你们撒谎，

是为了使你们的手变得像黑夜一样盲目，

为了使你们的手变得像守夜的犬那样驯服，

为了使你们的手变得像黄泥那样柔软，

为了使你们的手不会唱着自由的歌曲起义。

也为了在这罪恶的世界里，

　　　　　　　　在这人人想活，

而你们却万分痛苦地生活着的

        世界里，

使你们的手能永远地给

       剥削和奴役的王国

      服务。

一九四九年

丘琴、刘兴杰　合译

论罗密欧和朱丽叶之事

成为罗密欧或朱丽叶不是什么罪过：
甚至，为爱而死也不是。
重要的是，能否成为罗密欧或朱丽叶——
纯粹是一件心灵的事。

比如，去街垒战斗
或去北极探险
在静脉里试验一种新型血清，
　　　　　死了是一种罪过么？

成为罗密欧或朱丽叶不是什么罪过：
甚至，为爱而死也不是。

你在这个世界上深深爱上某个人，
而他并不知道你活着。

你不想离开这个世界，
但它要离开你——
我是说，仅仅因为你爱苹果，
苹果必须反过来爱你么？
我是说，如果朱丽叶不再爱罗密欧
——或者，她从来不曾爱过他——
他就不成为罗密欧么？

成为罗密欧或朱丽叶不是什么罪过：
甚至，为爱而死也不是。

一九四九年

李以亮 译

世界，朋友，敌人，你和土地

我感觉幸福，出现在这世界上，
　　　　生长在这地球上。
我爱土地，爱它的粮食，爱这土地上的斗争，
　　　　　　我懂得它的语言。
虽然，在太阳旁边——
　　我们生长在上面的这个世界，好像一个玩具，
然而它终究是伟大的，
　　　　它是很伟大的。
我要漫游世界，
　　　　为了看见
我从未见过的鱼，水果，
　　星星和冲击着遥远海岸的波浪。
我只在书本上到过欧洲——
　　但我对这并不怨恨，——
我没有从亚洲收到过一封

盖着青灰色的戳印的信。

我也没看见过早晨鸟儿怎样飞舞

去迎接太阳，

　　　　　它照耀着铺了一层白雪的河岸。

我和我们这条街上的一个小商人，

我们两个人，

　　　　　反正一样，

　　　　　　　　　美洲不知道我们。

但是从好望角到阿拉斯加

　　在我们这广阔的世界上，

从西班牙到中国

看了光明的也看了黑暗的地方，

　　　　　　　　我就知道，——

在每一公里地面上，

　　在每一海里的水上，

有我的朋友，

　　　　也有我的敌人。

朋友们，

　　　　我们甚至一次也不曾会过面，

可是我们每个人

　　　　　　为了一个自由，

　　　　　　为了一个愿望，

　　　　　　准备着牺牲。

敌人们，

　　　　那些渴望着我的血的人，

我也渴望着

　　　　让他们流出

　　　　　他们的黑血。

在这大世界上，我的力量

　　就在于不只是我一个人。

我的力量——在于我的真理，

　　我的道路永远是一条。

我从疑问符号中间

　　解放了我的头脑。

土地又温暖又漂亮，

　　它的花朵是那样柔嫩！

而你——

　　只有我一个人知道，

　　你是怎样的可爱，

　　你是怎样的美丽，——

可是在我的真理以外

　　你们——两者——对我都不需要，

我的不可战胜的力量就在这里！

　　　　　　　　　　　　一九四九年

　　　　　　　　　　　陈微明　译

致保罗·罗伯逊

他们不让我们歌唱，我的兄弟！

你这长着山鹰的翅膀的金丝雀，

你这雄壮的、长着珍珠似的牙齿的黑人啊，

压迫与黑暗

用肮脏的手掩住了我们的口！

那些吸血鬼是什么都害怕。

他们害怕清晨的红霞。

他们害怕我们的呼吸。

害怕勇敢、思想、情感、触觉。

他们害怕人们去思想和回忆。

他们害怕人们有感情、有触觉。

他们害怕人们去观察一切。

但是，我们的歌曲能给劳动者带来快乐！

我们的爱情比法尔哈德[1]的爱情更强烈！

（在你们那边，也有法尔哈德吧，

你们怎么叫他？兄弟，告诉我！）

他们害怕土壤和播种。

害怕正义的愤怒生出的嫩芽。

威严的人民大众的愤怒是无边无际的。

它正在炸毁

　　　那个束缚心灵的世界！

所以，

　　　他们害怕我们，

所以，

　　　他们害怕我们的歌曲！

　　　　　　　　　　　　　　　　　一九四九年

　　　　　　　　　　　　　　　　　孙玮　译

────────

[1]　法尔哈德是近东及中亚一带流行的一个传说中的人物。他年轻时迷恋上了一个美女的幻影，为了寻觅她，历经千山万水，克服一切困难，最后为了爱情在战斗中受伤死亡。他的形象，代表纯洁爱情的忠实和英勇。

狱中书简（第二十七首）

我——是拖拉机，

你——就是土地。

我——是印刷机，

你——就是纸张，

我的妻子呀，

           我的儿子的母亲。

你——是歌声，

我——就是琴弦。

我——是南方的刮风的夜，

你——就是那个站在岸边的女人，

    凝视着雾气中的遥远的

    隐隐约约可见的火光。

我——是水，

你——就是那个伏倒在它的旁边想喝水的人。

我——是一个过路的，

你——就是那个赶快打开窗子，

　　　　　　　　　要向我招手的人。

你——是中国

我——就是毛泽东的军队。

你——是从菲律宾来的

　　　　　　　　一个十四岁的少女

　　　　　　　　而我就是从美国水手的手里

　　　　　　　　把你拯救出来的人。

你——是阿纳托里山[1]的

　　　　　　　　高峰上的一个孤独的村庄。

你——是我的城市，

　　　　　　　我的城市，是最悲哀和最美丽的城市……

你——是求救的呼喊声，

　　　　　　　我的祖国呀；

而奔向你的脚步——

　　　　　　那就正是我！

　　　　　　　　　　　　　　一九五〇年

　　　　　　　　　　　　戈宝权　译

---

[1]　阿纳托里山是诗人遭受土耳其反动当局迫害时曾经流浪过的地方。

欢迎，我的女人！

欢迎，我亲爱的妻子，欢迎！
你一定累了：
我怎能洗你的小脚？
我既没有银盆也没有玫瑰水。
你一定渴了：
我没有冰果汁可以奉献你。
你一定饿了：
我无法为你摆筵席
　　　　在绣花的白桌布上——
　　　　我的房间同我的国家一样穷。

欢迎，我亲爱的女人，欢迎！
你一踏进我的房间，
　　那四十年的混凝土便成了草地；
当你微笑

　　窗上的铁条便长出玫瑰花；
当你哭泣
　　我的手便盛满了珍珠。
我的牢房变得像我的心一般富有
　　　　像自由一般明亮。

欢迎，我自己的，欢迎，欢迎！

　　　　　　　　　　　　一九五〇年

　　　　　　　　　　　　非马　译

绝食第五天[1]

弟兄们！
假如今天我不容易找到语言，
让我诉说一切
我应该向你们诉说的事情，
你总会体谅其中的原因——
我的头疼痛，
沉重地绝食到了第五天。
欧洲、美洲、亚洲的弟兄们，
我看到，

   在夜间昏暗的暮色里，
你们弯下身来看我，

---

[1] 这首诗是希克梅特在宣布绝食后第五天所写的，通过了敌人的严密监视，诗人设法把诗寄到法国，揭载在《人道报》。——俄译者注

在你们的眼睛里闪着光。
和你们大家握手
我感到幸福。
我把你们的手紧握在掌心不放，
好似母亲的手，
好似爱人的手，
好似生命本身的手。
弟兄们！
我知道，这些艰苦的年头
你们和我在一起，
和我的国家在一起，
和我的人民在一起。
（要分离我们是不可能的！）

我爱你们的国家，
我爱你们的民族。
我爱你们。
我感谢你们，朋友们。
我的弟兄们！
我感谢你们，朋友们。
我的弟兄们！
我不愿死，不管刽子手们
要把我治死在狱中，
反正我不会死！
我要活着在你们中间。

我要活着——

    在保罗·罗伯逊的歌曲里边，

    在阿拉贡的铿锵的诗韵里边，

    在白色的和平鸽里边，

    在世界的蓝色天空下，

    在你们的旗帜下，

    在法国码头工人的笑声里，

    他们是我的光荣的孩子，

    我将活在这土地上

    在人们中间

        也为了人们！

我的力量——就在这里。

    我的骄傲——也就在这里。

在这里——我的幸福，朋友们。

一九五〇年五月

陈微明　译

绝食第五天

175

在牢狱里度过的十四个年头

在牢狱里度过的十四个年头，
已经全留在脑后了。
可是前面呢
　　　　还有十七个年头……
一面旗子
　　　　在我的胸膛里飘扬，
它红得好像鲜血。
我热爱着一个女人，
她纯洁得好像牛奶一样。
我唱着一支歌——
　　　　再没有比它更美的歌了。
在我的歌里面，有着
　　　　　　真诚的人们的欢乐，
　　　　　　　　悲哀
　　　　　　　胜利。

妻子的手
　　　　被紧握在我的手里，
可是她的手呀
却伸不到我的手旁！

　　　　　　　　　　一九五一年

　　　　　　　　　戈宝权　译

自由的惨状

你浪费你眼睛的注意，
你双手闪汗地劳动，
揉足够做一打面包的面
　你自己却尝不到一小片；
你有替别人做奴隶的自由——
你有使富人更富的自由。

你出世的那一刻
　他们在你四周架设了
磨谎言的磨机
磨够你用一辈子的谎言。
你一直在你的大自由里思想
　　一根手指在你的太阳穴上
　　　自由地保有自由的良知。

你的头低垂有如颈背被砍了一刀，
你的手臂长长，吊着
你在你的大自由里漫步：
　　你有的是自由
　　　　　失业的自由。

你爱你的国家
把它当成最亲近最可贵的东西。
但有一天，比方说，
　　他们可能把它签给美国，
而你，以你的大自由——
你也有变成一个空军基地的自由。

你也许会宣称人
不是工具、数字或链环
而要活得像一个人——
他们马上会把你的手腕铐上。
你有被捕、下狱
　　甚至被吊的自由。

你的生命里
　　既没有铁的、木的
　　　　也没有绢的屏障；
没有选择自由的必要：
你有的是自由。

　　但这种自由

　　　　是星球底下的一桩惨事。

　　　　　　　　　　　　　　　一九五一年

　　　　　　　　　　　　　　　非马　译

纳齐姆的儿子梅汉麦特对法国人讲话

心地善良的法国人，

我是一个三个月的小男孩子，

我是一个蓝眼球的小男孩子。

我还不会使用我的手，使用我的脚，

可是我已经学会笑，

向光明、干净的尿布、奶汁的香味微笑，

我爱生命，

我很容易地，而且很快地爱上了生命。

心地善良的法国人，

我出生在离开法国很远的地方，

可是法兰西就在我们家里，

被刺死的马拉[1]和遍体弹痕的贝理[2]，

就在这里，并排地安眠在他们英勇的贤智里，

---

[1] 马拉（1743—1793），法国大革命时代的激进派领袖之一。

[2] 加卜里艾·贝理，《人道报》编辑，法国共产党在议会的代表，一九四一年被法西斯分子杀害。

他们都是为生命而牺牲的，

活着，这是件极重要的事，

我很容易地，而且很快地爱上了生命。

心地善良的法国人，

我还不会说我祖国的语言，

可是将来我还要学你们法国话，

我愿意那些棕色的、贤智的、响亮的和伟大的声音：

第特罗、巴尔扎克、阿拉贡、艾吕雅、

巴比塞、毕加索、左拉、弗洛贝尔、

约里奥－居里、杜密亦、巴士德、勒诺瓦[1]，

---

[1]　第特罗（1713—1784）：又译狄德罗，十八世纪法国伟大思想家，《百科全书》主编。

巴尔扎克（1799—1850）：十九世纪法国伟大现实主义作家。

阿拉贡（1897—1982）：法国现代左翼大诗人，共产党人。

艾吕雅（1895—1952）：法国现代左翼大诗人，共产党人。

巴比塞（1873—1935）：法国现代左翼大作家，共产党人。反法西斯战士，一九三五年于苏联去世。

毕加索（1881—1973）：现代大画家，原籍西班牙，已入法国籍，且为法国共产党的党员。

左拉（1840—1902）：十九世纪法国大作家。

弗洛贝尔（1821—1880）：又译福楼拜，十九世纪法国大作家。

伊雷娜·约里奥－居里（Irène Joliot-Curie，1897—1956）：本名伊雷娜·居里，居里夫妇的女儿。

杜密亦（1808—1870）：十九世纪法国著名政治讽刺画家。

巴士德（1822—1895）：又译巴斯德，十九世纪法国伟大科学家，现代细菌学的创立者。

勒诺瓦（1841—1919）：又译雷诺阿，十九世纪末及二十世纪初法国大画家。

等我长大以后，请他们跟我谈谈你们。
谈谈你们的战斗，

　　　　谈谈你们的爱，

　　　　　　　你们的城市，你们的乡村，
谈谈你们的树林和你们壮美的劳动，
谈谈你们的河流和你们不倦的逻辑，
谈谈你们过去的和未来的日子。

心地善良的法国人，
我是一个蓝眼球的孩子，许多孩子中的一个，
我们向你们伸出小小的手，
从世界的四面八方，
我们不要战争，
我们不愿意被残杀。
我们很容易地，而且很快地爱上了生命。

心地善良的法国人，
选举那些代表和平、代表希望的人吧，
为了让我们活下去，
为了让法国活下去。

　　　　　　　　　　　　　　罗大冈　译

诞生

我的妻子给我生下来一个孩子。
他有着金色的头发、淡淡的眉毛；在轻匀地呼吸——
他像一个发光的圆球躺在天蓝色的小被子里——
称了一称，三公斤重。

当我的孩子诞生的时候，
也有孩子诞生在朝鲜，
都是些像向日葵一样的孩子！
但是，
他们还没有吸到
母亲的乳汁，
就被麦克阿瑟的血手
　　　　　　　把他们赶快杀死。

当我的孩子诞生的时候，

也有孩子诞生在希腊的监狱，
他们的父亲被杀死了，
铁窗就是
他们在世上能够看见的
能够靠近取暖的
　　　头一件东西。

当我的孩子诞生的时候，
也有孩子诞生在安那托里亚。
他们长着蓝色的眼睛，
　　　　　黑色的眼睛，
　　　　　　褐色的眼睛。
但是，虱子立刻爬满了他们的全身。
有些孩子竟能活下来——
我不知道他们遇见了什么奇迹。

当我的孩子诞生的时候，
也有孩子诞生在最伟大的国家。
他们立即沐浴在幸福里面——
愿全世界的孩子们都能得到这样的幸福。

当我的孩子长大成人，
到了我这样的年纪——
我将死去。
但是那时，

全世界将会变成

一个巨大的摇篮，

　　铺满花绸的被子，

将为全世界的孩子们，

　　不分种族肤色，

　　　唱起催眠曲。

　　　　　　　　丘琴、刘兴杰　合译

拈着一朵石竹花的人[1]

一个拈着白色石竹花的人的

　　　　　　　　　照片，

[1]　尼古斯·柏洛扬尼斯，生于一九一六年，希腊共产党中央委员会的委员，保卫和平的战士。二战期间希特勒占领希腊时，他是希腊抵抗运动的领导人之一。一九四六年，希腊人民被迫起来进行武装斗争反对英美帝国主义，他又参加了游击战争，为一支游击队的总司令。游击队员们因他战斗中的英勇，称他为"我们的山鹰"。一九五一年一月间，他和其他几位同志一同被俘，在特务机关受尽苦刑，始终不屈。一九五二年三月底，在希特勒占领时期枪毙希腊爱国分子的雅典附近的古狄靶场东墙，希腊法西斯分子杀害了他和他的同志。当十五辆汽车的灯光在黎明的浓雾中照亮刑场，他拒绝了监刑者把他的眼睛蒙起来，当美国"汤姆士"自动步枪黑色的枪口对准他时，他高呼："希腊共产党万岁！"

希克梅特给希腊人民的信中曾说："柏洛扬尼斯不仅是希腊人民的骄傲，也是全体进步人类的人格象征。"

　　　　　　　　　　　　　　　　　　——译注

一个在黎明前的黑暗中，
　　　　在汽车的车灯的光芒下，
　　　　　　被枪毙了的人的照片，
放在
　　我的
　　　　桌子上。
他的右手拈着
　　　　　　一朵石竹花，
这朵花像是希腊的海洋的一小片光明。

他的勇敢的、孩子似的眼睛
从浓重的黑色的眉毛下面
　　　　　　坦率地望着，——
共产党员就是这样坦率地唱着歌曲，
共产党员就是这样坦率地发出誓言……
洁白的，洁白的牙齿——
　　　　　　柏洛扬尼斯笑着。

他手上的一朵石竹花，
　　　　像是他在英勇和受辱的日子中
　　　　向人们说过的言语。
这一张照片
　　　　就是在他的死刑宣布以后，

在法庭上，照下来的。

一九五二年

孙玮　译

别让人动他们[1]

要砍橡树，
就得从根上砍起。
斩断了翅膀的老鹰，
再也不能飞。

请你们记住：
已经有多少次，
总是从他们身上开始。

法国人，
如果你们不说：

---

[1]　此诗刊于一九五二年七月二十日法国《人道报》星期专刊，是为反对反动当局逮捕了法国共产党领袖杜克与著名作家、共产党员斯梯而作。

"管他妈的法兰西！"
如果你们不愿意
明天
跟在坦克后面走，
肩上扛着"自由"的尸首，
那么就别让人
动共产党员们。

罗大冈　译

最后的愿望和遗嘱

如果我不能活着看到那一天
——如果我在自由来临前死去——
请把我埋葬在
安纳托利亚的乡村墓地。

哈桑·贝伊下令枪杀的工人奥斯曼
躺在我一边，另一边
是受苦人阿依莎，她在黑麦地里生下她的孩子
关进牢房四十天后就死了。

拖拉机和歌曲穿行在墓地——
曙光里，是新的人民，燃烧的汽油味，
普通的田畴，运河的水，
没有干旱，也不担心警察。

当然，我们听不到那些歌曲：
死者在地下伸展四肢
像黑色的树枝腐烂，
聋、哑、瞎，在地下。

但我唱过那些歌曲
在它们被写出之前；
我闻过汽油燃烧的气味
在拖拉机设计出来之前。

至于我的邻居，
工人奥斯曼和受苦人阿依莎，
活着时怀着极大的渴望，
或许，他们不曾意识到。

如果我看不到那一天
——这可能性在增加——
请把我埋葬在安纳托利亚的乡村墓地。
如果还要增加一点什么，

　　　在我的坟头种一棵梧桐树，
　　　我不要石碑或者类似的东西。

　　　　　　一九五三年四月二十七日，莫斯科
　　　　　　巴尔维哈医院

　　　　　　李以亮　译

不能让浮云再杀人[1]

一

是我呀，我在拍你的门，

拍这儿，拍那儿，到处拍。

你们瞧不见我吗？不用怕，

死了的小女孩，大家自然瞧不见。

我原先在这儿住，那可说的是十年前。

后来我死在广岛，那时候我才七岁。

我不过是一个小姑娘，

---

[1]　这首诗是希克梅特在一九五五年写的。兹根据一九五七年五月二十三日的《法兰西文学报》上刊载的版本译出。法文翻译者是原籍波兰的法国青年诗人夏尔·陀勃琴斯基。——译注

但是死了的孩子们再也不能长。

我的挺长的头发一起先着了火，
两只手也烧起来了，眼睛也一样。
整个身体，什么都没剩下，除了一把灰；
灰也让风吹散，散在多云的天空。

我什么都不要你们的，说真话。
我呀，谁也不能够再爱我，疼我……
像一张报纸似的烧掉了的小孩
再也不尝你们给的好糖块。

我在拍你的门，请你注意听。
如果你想送给我什么，就请签个名，
为的是今后孩子们不再遭杀害，
为的是他们可以慢慢地吮糖块。

二

一个日本渔夫在海上被浮云杀死，
那是一个年轻的小伙子。
有一天黄昏，在太平洋上，死者的朋友们，
给我歌唱他的故事，作为见证。

谁吃了我们打来的鱼，就会死；

不能让浮云再杀人

195

谁接触我们的手，也活不成；
我们的渔船像一口很长的黑漆棺材，
谁要是上了这条轮船，不用想活着回来。

谁吃了我们打来的鱼，就会死；
不是突然的死，要经过长期的溃烂，
皮肉逐渐腐败，逐渐解体。
谁吃了我们打来的鱼，就长眠不起。

谁接触了我们的手，就没命，
手是咸的，成天在阳光下沙滩边沉浸，
我们的手，忠实的手，不倦地勤劳的手，

谁接触了我们的手，就没命。
不是突然的死，要经过长期的溃烂，
皮肉逐渐腐败，逐渐解体。
谁接触了我们的手，就长眠不起。

杏仁眼睛的姑娘，请你千万把我忘掉，
这儿是我们的渔船，漆黑冰冷的棺材，
谁上了这条轮船性命就难保，
那一朵浮云正冲着我们的头，在天上飘。

杏仁眼睛的姑娘，请你千万忘掉我，
美丽的姑娘，请你千万别跟我接吻，

免得死亡从我身上传播到你身上，
杏仁眼睛的姑娘，请你千万把我遗忘。

这就是我们的渔船，漆黑冰冷的棺材。
杏仁眼睛的姑娘，请你千万忘掉我。
万一我让你生一个娃娃，
势必比臭烂的鸡蛋更加腐化。
我们的轮船，漆黑的棺材，把我们载走，
那一片大海是死亡的海，
人呵，你们在哪儿呢！人呵，我向你们呼喊！

三

使我们变成人的是母亲，
她们走在我们前面，像天上的光明。
难道你们活在世上，能不仰仗母亲的功劳？
那么，体面的先生，请你们多多同情母亲，
不能让浮云再杀人。

一个七岁的孩子在草地奔跑，
他放的风筝在树林上空飘飘。
难道这种幼年的游戏你们没有爱好过？
那么，体面的先生，请你们多多同情孩子，
不能让浮云再杀人。

年轻的未婚妻对镜梳头，
她想发现一个亲爱的面孔，在镜子深处。
难道从来没有人这样亲切地寻找你们的面孔？
那么，体面的先生，请你们多多同情恩爱夫妻，
不能让浮云再杀人。

当我们年纪老了，生命走到了它的边涯，
我们就不免经常回想起幸福的往事。
你们也要老的呵，你们的时代要完结，
那么，体面的先生，请你们多多同情老年人，
不能让浮云再杀人。

罗大冈　译

给儿子的最后一封信

首先，因为刽子手阻隔了我们；
另外，我可恶的心脏
　　　　对我故伎重施。
看来注定不能
　　　　　　再见到你了。
我知道
作为年轻人，你将像一束麦穗
　　　　——高挑、金黄、偏瘦，
　　　　跟我年轻时一模一样——
有着你妈妈的大眼睛，
常常变得奇怪地安静，
前额反射着光彩。
也许还有好听的嗓音
　　　　　——我的嗓音可不好——
你会唱起甜蜜而苦涩的、令人心碎的歌曲……

而且你懂得讲话

——这一点我还行，

在不太紧张的时候——

话语在你的舌尖，蜜一样甜。

是啊，梅米特，

你会让少女们发狂……

没有父亲

带大一个男孩是多么不易。

好好对待你的母亲，儿子——

我没有使她幸福，

你要尽力。

你的妈妈

那么坚强、那么温和——像丝绸；

在成为祖母时

她会美丽如初

与我第一次见到那天一样

在博斯普鲁斯

在十七岁——

她是月亮、阳光、甜樱桃，

一个真正的美人。

你的妈妈

在一个早晨和我道别时，

想着会重逢，

但我们没有再见。

她是最善良、

最聪慧的母亲——

愿她活到一百岁！

我不怕死亡。

然而，

那也很无趣——

在工作中，不时感到惊愕

或在独自入眠前

计算时日。

这世界，你是永远活不够的，

梅米特，永远不会……

不要像它是你租来似的，活在世上

或者，像只过一个夏天似的；

要像对待你父亲的房子一样……

相信种子、大地、大海，

而人高于这一切。

要爱云朵、机械，和书籍，

而人高于这一切。

你要同情

枯萎的树枝，

消陨的星辰，

受伤的动物，

而人高于这一切。
快乐存在于地上万物中间——
黑暗和光明，
四季，
而人高于这一切。

梅米特，
我们的土耳其
　　　　是一个美好的
　　　　　　　国家。
它的人民，
　　　是真正的人民，
　　　　　　勤劳、认真、勇敢
　　　　　　　却可怕地贫穷。
人民长期受苦。
但情况会有好转。
你和那里的人民
将建设共产主义——
你将亲眼看到并用双手抚摸它。

梅米特，
我将死去，远离我的语言、我的歌，
我的盐和面包，
我思念着你和你的妈妈，
我的朋友和我的人民，

不是在流亡中，
不是在某个外国的土地——
我将死在我的梦想之国，
死在我的美好岁月的白色之城。

梅米特，
　　　　我的儿子，
　　　　我把你留在
　　　　　　　　土耳其共产党的关怀里。

我将平静地
　　　　离去。
我行将结束的生命
在你心里将幸存一段时间
　　　　但将永存于我们的人民中间。

一九五五年，莫斯科

李以亮　译

伊斯坦堡来信[1]

亲爱的

我在床上给你写信

我疲乏得很

照了照镜子，我发现自己脸色灰里泛青。

天气真冷。你说，夏天还回不回来？

这星期烧的柴，得花三十元。

怎么办呢？

前些天，我在走廊上做活

肩上不得不披一条毛毯。

这儿玻璃窗是七洞八穿的

---

[1]　这首诗是由希克梅特自己和法国作家安德烈·乌沫塞一同译成法文，刊于一九五六年八月三十日的《法兰西文学报》，此处就是根据这一法文版所译，保留了它原来的自由诗格式和原来的行数。——译者注

这儿的门也都关不上

最好是搬家

要不，房子塌下来会砸我们脑袋

可是房租到处都贵，贵得要死。

干吗给你写这一大套

让你心里难受

可是叫我跟谁，跟谁去诉苦？

亲爱的，原谅我吧。

你说，还得多久，这天气才转晴？

夜晚，尤其是夜晚，实在太难熬！

我不愿意再这么冻得直哆嗦

我做梦的时候，发现自己在非洲

有一回，我到了阿尔及利亚

那儿天气多么暖和！

一颗枪弹打穿了我的额头

我血都流干啦，可是我没有死。

我老多了，可成了老婆婆啦

其实我还不到四十，这你是知道的

我老多了

我不瞒自己，也不瞒别人

但是我跟别人一说

别人就生气，把我训一顿

好吧，不提啦。

人们把《蝉》拍成电影了

听说在巴黎这片子大受欢迎。

那可怜的女人，是不是都是她的错？你说呢？

我倒是喜欢那个大夫

同时我又恨他，这蠢货

归根到底，谁最不幸？

谁最不幸，谁的过错？

我收听了无线电是放送的巴拉圭歌曲

这种歌曲写在满纸荆棘的谱上

充满了热爱、太阳和人们流的汗，

充满了辛酸和希望，

巴拉圭歌曲，多么可爱！

阿德非叶给我来了封信

她说她总是忘不了我，怪想我的。

这可真叫我惊讶

许久以来，自从你逃到国外

她没有来拍过我的门

我的情况她一点儿也不打听

甚至，一个节日的早晨

她在街上碰见我

她走她的路，扭着头，装瞧不见。

从前，我和她是人们少见的亲密朋友

可是友谊就像树木

一下枯干了，再也难变青。

我没有回她信

回信有什么用？

如果她上我这儿来

我对她一句话也没得可说
我并不恨她，恨她干吗？
但愿她幸福
听说她嫁了一个有钱的病夫
一个脾气古怪的家伙
对于生气勃勃的阿德菲叶，这是多么可惜！
我去欣赏了一会儿我们的儿子
金黄的头发，粉红的脸，他睡得真香
我把他挑开的被子重新盖上。
今晚上，无线电报告了一个坏消息
伊兰·约里奥-居里逝世了
她年纪并不老，对吗？
许久以前
我看过一本讲她母亲的书
我说的是死者的母亲。
书上谈到两位姑娘
那一页书仿佛还在我眼前
两位姑娘好比金发的希腊雕像。
如今，两位姑娘已经死了一位
我不知道怎样跟你解释才好。
那是一位著名的女学者，对，
不过，患白血病死去的
也就是这个黄头发的小姑娘。
今晚上，我为伊兰·约里奥-居里哭了一场
说也奇怪，伊兰，

如果有人在当年对她说

将来你死的时候，伊兰

伊斯坦堡有一个女人，一个你不认识的女人

心中将要十分难受

如果有人对她说我哭了一场

她会感到非常诧异。

我想起了伊兰的丈夫

我心里嘀咕：要不要写封信给他？

可是我不知道信往哪儿寄

"巴黎

弗列特立克·约里奥–居里"

这样写够吗？

最近有一个法国作家也去世了

我在报上看到消息

我敢保你不知道他的名字

他早就衰老了，而且非常自私和刻薄

那是一个可鄙的家伙

他一辈子什么都不放在眼里

谁他也不爱，什么他也不喜欢

除非狗和猫

甚至连猫狗也不喜欢

除非他自己的猫，自己的狗。

他去世前几天，还有记者访问他

就连死亡，他也不放在眼里

可是谁都看得出来，其实他怕死怕得要命。

报上登了他的相片，他像我们的老祖母
设想祖母是个男子，
拿顶便帽扣在她头上
就和那相片一模一样。
那是一个蜷缩在可怕的孤寂中的老人
他也使我心中难受
不过这种难受和上面所说的不同。
伊兰
约里奥-居里，
你替她想到抛下的孩子，抛下的丈夫
可是你，尤其是，而且首先是怜悯世界：
世界上失去了一位大人物。

现在，给你讲一件叫你惊讶和高兴的事
你那小懒瓜的儿子开始学习认字了
这小鬼，他已经认得不少字：
"拿、跑、书、铅笔、
书包。"
这可太好啦，你说不是吗？
他每次发现一个字母，就拿它去东比西比
A，这是房顶
B，这是肚子，大胖子先生
T，这是一把镐。
我真怕他成懒汉
如果是个女儿

那倒好办多了

一个女人，不管她多大，十个指头总不闲着

可是，一个五岁的小子呢？

啊，天气要是不再冷下去，要是暖和点多好……

天气一定会晴暖起来

我这封信伸懒腰可伸得够长的

好好保养身体

快来回信

别把我忘了

快来回信

你别自解自叹地说：米耐芙

她是个聪明勇敢的女子

她是很有办法的；

不，没有你，我就完啦

别把我忘了

好好保养身体

我吻你的亲爱的眼睛

晚安。

好好保养身体

快来回信

别替我操心

忘掉我的闹心事情

可别把我忘了。

一九五六年

罗大冈　译

浮士德旧居

在塔楼下面，在拱廊底下，
我漫步在布拉格
　　　　　在深夜。
天空像蒸馏罐，蒸馏着黑暗里的黄金——
一个炼金士，仍然俯身于深蓝的火焰。
我走下小山，来到查理广场：
在那边，在转角处，紧邻一家诊所，
　　　是浮士德博士位于花园后的房子。

我敲门。
博士不在家。
正如我们知道的，
大约二百年前
　　　　　在这样一个晚上，
魔鬼将他

　　　从天花板孔洞里带走了。

我敲门。

在这里，我也将与魔鬼签一份契约——

我将用我的血画押，

从他那里，我不想获得黄金、

　　　　　　　　知识或青春，

我已随流亡签下这份契约，

　　　　　　　　　我认输！

我只想在伊斯坦布尔逗留一小时……

我敲门，敲了又敲。

门却没有打开。

为什么？

靡菲斯特，我的要求是不可能的，

还是我破碎的灵魂

　　　　不值得你购买？

布拉格，月亮升起柠檬黄。

在午夜，我站在浮士德博士的

房子外，敲着紧闭的门。

　　　　　　　　　　　一九五六年十一月二十二日

　　　　　　　　　　　　　　李以亮　译

最后一班巴士

午夜。最后的巴士。
售票员给我剪下一张车票。
没有好消息也没有坏消息
　　　　　在家等着我。
等着我的，只有"空无"。
我走向它，没有悲伤
　　　　　也没有恐惧。

巨大的黑暗在接近。
现在我可以看一看这世界，
　　　　　平静而惬意。
朋友的欺骗并不令我惊讶，
　　　　　一次握手里藏着一把刀。
没用的——敌人不再使我害怕。
我已用我的斧头

穿过偶像的森林，

　　　它们多么容易倒下。

我再一次检视我的信仰

　　　谢天谢地，大多是纯洁的。

从未有过如此明亮的感觉，

　　　从未感到如此自由。

巨大的黑暗在接近。

伟大的黑暗。

现在我可以看一看这世界，

　　　平静而惬意。

我不会从我的工作中分神，

来自过去、在我面前出现

　　　一个词，

　　　　一种气味，

　　　　　一只挥舞的手，

这词是友好的，

　　　这气味是美好的，

　　　　这只手握在另一只手中，我的爱。

记忆的邀请不再令我难过，

对于记忆我无所抱怨，

事实上无可抱怨，

即便我的心

　　　无休止地疼，像一粒巨大的牙齿。

巨大的黑暗在接近。

现在没有幻想家的傲慢，也没有作家的谀辞。

我给自己的头顶倾注大碗的光芒，

我可以看着太阳而不致目盲。

也许——多可惜——

    最美丽的谎言

        也不再能诱惑我。

词语再不能使我沉醉，

    无论自己的，还是他人的词语。

事情就是这样，我的玫瑰。

死亡正威严地接近。

世界比任何时候都更加美好。

世界是我的一套衣服，

    我开始脱下。

我在火车的窗口边，

    现在我在车站。

我在房子里，

    现在我在门口——门敞开着。

我双倍地爱着所有的客人。

暖气比任何时候都更合适，

    冰雪比任何时候都洁白。

一九五七年七月二十一日，布拉格

李以亮　译

一些记忆

靠近波西米亚的边界，
在弗拉蒂什科夫·拉扎尼[1]的温泉中，
天空因云层而膨胀——
在土耳其的浴室，光线透过了蒸汽弥漫的窗户，
潮湿的肉体气息混合着红玫瑰的香味。

这里，水在自由地流动，
治疗心脏痛和阳痿，
树木延伸至视线之外。
步下台阶，就会看到泉水
冒出，富含硫和钙，
或者，一棵茂盛的山毛榉。

---

[1]　在捷克境内。

我去看了"三朵睡莲旅馆"。

我的捷克诗人朋友奈兹瓦尔[1]

告诉我，老年歌德曾在那里

   度过许多夜晚。

许多个夏日的黎明

抚摸过他伏在写字台上的脖颈。

哪一年？

奈兹瓦尔说不清。

一八〇五年，他说——

  不，不是一八〇〇年。

     也许是一八〇八年。

但是，我们记得另一个日子

    一天也不差

背上有白色十字的坦克

   驰过"三朵睡莲旅馆"：

旅馆摇晃得厉害，

   楼上的桌子也倒了下来。

那时我在伊斯坦布尔的

   监狱里。

坦克穿过华沙和巴黎，

   背上有白色的十字。

那时我在坎基里的监狱。

一些记忆

---

[1]　维杰斯拉夫·奈兹瓦尔（1900—1958），捷克超现实主义诗人。　　　217

坦克在莫斯科城外的大雪地里若隐若现。

我在布尔萨的监狱。

年轻时，我就认识

许多各行各业的人。

他们走过不同的道路——

沥青路、石子路、泥巴路，

下雨天的路，晴天的路；宽路，窄路。

他们在不同的树底下休息。

有些人像钟表一样工作

　　　　从不会错过一个节拍；

有些人收集羊毛；

有些人像种子，浑身充满希望；

有些人非常温柔，就像所有语言里的摇篮曲；

有些人热烈，像红辣椒；

有些人固执，

　　　　像骡子；

有些人吝啬，有些人慷慨；

有些人迷恋女人，有些人迷恋烟草。

那些年轻人

　　　　像着火的可燃物，

老人却像大地一样苍老、冷静、明智。

他们多数不懂俄语

　　　　除了说"好的"

　　　　　　或者"同志"。

但是，在一九四一年冬天，

当坦克出现在莫斯科城外的大雪中，
他们却做好了准备
为他们从未到过的这个伟大城市
　　　　　抛洒热血。
他们只在梦中见过它，
它的建设没有尽头——
　　　脚手架，起重机，沙粒一样多的人。
他们在梦中见到了——
红场
　　　环绕着金色的圆顶，
　　　　　　中心一座坟墓
　　　　　　　　列宁在里面。
他们在痛苦中醒来，眼里
含着泪水。
他们在梦中见到过这座城市，
一棵巨大的
　　苹果树
　　　　盛开着粉红和洁白的花朵。

对于我，它不只是一座梦想
　　　　　　　和希望之城，
不是黎明地平线外
　　　开阔的海面上
　　　　　　一座永难企及的城市。
我好像一个年老的莫斯科人

　　　　　一个伊斯坦布尔的孩子。
在克拉斯纳亚普雷西亚[1]一家工厂，
我收获了我的第一批听众。
我读我的诗。
他们的大手放在膝盖上，
　　　　眼睛里有种亲切的耐心，
他们聆听我，仿佛很懂土耳其语
大约四十五分钟，
　　　　然后，热烈地鼓掌。
直到今天，每当我自我膨胀的时候，
　　　　那掌声
　　　　　　　便让我清醒。
那时普希金塑像还没有移到新的地方
看起来和现在完全一样——
不戴帽子，而披风
　　　　　　搭在肩上。
那时他也是又高又黑——
一个聪明、忧伤、优雅的
圣彼得堡绅士。
每周几次，
清晨或傍晚，
我在胳膊下，夹一本大书，

――――――――
　　[1]　在莫斯科。

抓一把向日葵籽，

　　　　　走过去，坐到他旁边的长椅——

　　　　左手第二个。

在冬天，空气里有股初雪的味道；

在夏天，是清凉的树叶。

这地方往往发生奇效：

我打开书，

大学里我无法弄懂的东西

　　　　　　突然清晰……

离间尔巴特街不远，有一个庭院。

在冬天的夜晚

　它的砖墙闪亮，

地板暖和，

窗户里有橙色、蓝色和金黄的灯光。

一连数小时，一个来自伊斯坦布尔的年轻人

　　　　　　在积雪的院子里颤抖。

塔玛拉[1]的身影出现，又消失

　　　　　　在顶楼的蓝色窗口。

这是我的城市。

我十九岁就来到这里，

　　　晚点三小时

　　　　　　抵达基辅车站。

---

[1]　俄国女子常用名字。

一些记忆

我看见一个头戴布帽的男人，
　　　　至今我仍能描述他。
他出现在墙头的
　　　　海报上
或者在破玻璃棚下的
　　　　月台上。
无论哪一种方式，
他站得都比其他人
　　　　更高，
他随意地倚着他的大锤。
我走到他跟前，
　　　脱下我的皮帽，
　　　　　向这城市的新主人致敬。
那是一九二二年。
啊，那些逝去的日子。
我的心像水里的鱼儿跃起，
忧郁像酒一样在我的脑海消失，
我来自安纳托利亚，经过巴统[1]
我来，只有一个问题，请教列宁同志……

　　　　　　　一九五七年九月二日，莱比锡

　　　　　　　　　李以亮　译

———————————

[1]　在格鲁吉亚，西濒黑海、南邻土耳其。

再写我的国家

我的国家，我的家，我的家乡，
你制作的一切，无一留存于我的财产中，
没有一顶棉帽
没有一双踩踏过你的道路的鞋子。
很久以前，最后一件长衫，在我背上露出了线头；
　　　　　　　　那是家庭手纺的棉。
现在，你仅存在于我苍苍的白发，
　　　　　　　　我心脏的失律，
　　　　　　　　　我额头的皱纹，
我的国家，
我的家，
我的家乡……

　　　　　　　　　　　　一九五八年，布拉格

　　　　　　　　　李以亮　译

爱你

爱你，就像吃蘸盐的面包
像在夜里狂热地疾走
　　　　再将嘴唇凑近水龙头，
像打开没有标签的沉重包裹
　　　　焦急、愉快、小心。
爱你，就像第一次
飞越大海，像薄暮
　　　　轻轻落在伊斯坦布尔。
爱你，就像说"我活着"。

一九六〇年八月二十七日

李以亮　译

因为你

因为你，每天都是一片甜瓜
　　　　　　散发大地甜蜜的气息。
因为你，所有果实伸向我
　　　　　　仿佛我是太阳。
因为你，我生活在希望的蜜里。
你是我心跳的理由。
因为你，最孤独的夜晚
　　　　　像安纳托利亚的挂毯在你墙上微笑。
在抵达我的城市前我的旅程会不会结束，
　　　　　因为你，我在一座玫瑰花园歇息。
因为你，我不让穿着柔软华服的
　　　　　　死亡进来，

它以歌声敲我的门

　　呼唤我进入那最伟大的宁静。

　　　　　　　　　　一九六〇年八月二十九日

　　　　　　　　　　　　李以亮　译

突然

突然有什么在我体内噼啪作响攫住我的咽喉，
突然，在我工作的中途，我跳起来，
突然，在旅馆，在大厅，我站着，跌入一个梦，
突然，在人行道，一根树枝打在我的前额，
突然对着月亮的一声狼嚎，凄厉、愤怒、饥饿，
突然从一座花园的秋千上星星悬挂下来，
突然我看到自己身在坟墓，
突然我的大脑只有一片金色的迷雾，
突然我抱住我出发的日子仿佛它不会终结，
但每一次你都浮现在我眼前……

一九六〇年九月八日

李以亮　译

关于我们

关于我们，我写下的一切都是谎言
并非发生过的，是我希望发生的
它们是摇晃在遥不可及的你的树枝上的我的饥渴
是从我的梦想之井里升起的我的渴望
是描绘在光上的图画

关于我们，我写下的一切都是真实的
你的美
　　　　一只果篮或草地上的野餐
我思念的你
　　　　最后的街区最后的一盏街灯
我的嫉妒
　　　　蒙着眼奔跑在夜行列车中间
我的快乐
　　　　一条被阳光照射的水坝截断的河流

关于我们，我写下的一切都是谎言
关于我们，我写下的一切都是真实

一九六〇年九月三十日，莱比锡

李以亮　译

我不知道我爱的事物

一九六二年三月二十八日

我坐在从布拉格开往柏林的火车靠窗的位子
夜正降临
我从不知我喜欢
夜幕低垂像一只倦鸟停息在一片湿蒙蒙的平原
我不喜欢
把夜落比拟为一只倦鸟

我不知道我爱土地
有人能够不在土地耕耘而爱它吗
我从未在土地耕耘
那一定只是我柏拉图式的爱
而我也爱这趟行程穿越的河流

是否像没有流动它们绕着群山的边际

欧洲的山峰有许多城堡

或是延伸开展到看不见的远方

我知道你甚至不会在同一条河戏水

我知道河流会带来你从未看过的新的光

我知道我们病弱活着比一匹马长久但不像一只鸡

我知道从前这就困扰人们

　　　　而且在我之后也一样

我知道这已被提过不知千百次

　　　　在我之后也会被提及

我不知道我爱天空

不论云翳或晴朗

在Borodino[1]安德烈在背部研究蓝色苍穹

在监狱我翻译《战争与和平》全卷给土耳其

我听见的声音

不仅来自蓝色苍穹也来自庭院

狱卒又在敲打一些人

我不知道我爱树

　　[1] Borodino：音译为"博罗季诺"。这些地名，译者在译文中是英汉并列的。因为中文是从英文转译的，再转译一次，读音也易偏误，书面排列也难，所以文本中保留了译者用的原文，译者原本音译的汉语，则作为注文于此，以下皆同。——编者

邻近莫斯科的Peredelkino[1]

　　光秃秃的山毛榉

它们在冬天时以高洁和素朴之姿罩着我

山毛榉是俄罗斯同样的白杨木是土耳其

　　"Izmir[2]的白杨木

　　　正掉落叶子……

他们称我为刀子……

　　　　爱人喜欢一株小树……

我庄严地爆炸耸天的大厦"

一九二〇年在Ilgaz[3]的树林里

　　　我绑一条刺绣丝巾在松树祈福

我从不知道我爱路

甚至铺了柏油的路

薇拉坐在后面我们驱车从莫斯科到克里米亚

　　　从前在土耳其的Goktepeili[4]

我们两人在一个紧密的车厢里

两边流闪的世界遥远又沉默

我一生从未和任何人这么亲近

---

[1] Peredelkino：音译为"皮雷得基诺"。

[2] Izmir：音译为"伊兹密尔"。

[3] Ilgaz：音译为"伊尔嘉兹"。

[4] Goktepeili：音译为"果克特沛·伊里"。

在Bolu[1]和Gerede[2]之间的红色道路盗匪喝令停车

那年我十八岁

在载货马车上我人生没有任何东西可以被取走

而十八岁时我们至少活着我们的价值

我从前已在某个地方写过这事情

跋涉过黑暗泥泞街道我到阴影里嬉玩

Ramazan[3]的夜晚

一个纸灯笼引路

也许从前未有这样的经历

也许我十八岁时在某个地方到阴影里嬉玩

拉马赞夜晚在伊斯坦堡拥着他祖父的手

    他祖父头戴一顶土耳其毡帽并穿着皮外套

        上面缝镶黑貂条纹

    灯笼在仆人手上

    我不能忍住我的笑

花朵在一些季节来到我心灵

罂粟花仙人掌黄水仙

在伊斯坦堡Kadikog[4]的黄水仙花园我吻了莫妮卡

她的呼吸有新鲜的杏仁味

---

[1]　Bolu：音译为"博卢"。

[2]　Gerede：音译为"格雷得"。

[3]　Ramazan：音译为"拉马赞"。

[4]　Kadikog：音译为"卡迪寇"。

我十七岁
我的心像翩跹在秋千上触探天空
我不知道我爱花
在狱中朋友们送我三朵康乃馨

我只记得星星
我也爱它们
我是不是应该俯在地板从低处注视它们
或飞翔在它们旁边

我有一些问题要请教苏联太空人
他们看到的星星更大吗
像黑色天鹅绒上的大宝石
　　　或柑橘上的杏果
那么接近星星你们感到骄傲吗
我看到OGNEK杂志上宇宙的彩色照片
　　现在不被同伴颠覆但我们会说不是比喻
　　或抽象之井看起来像图绘在说它们是
　　可怕的比喻和实存
我的心在我嘴里注视着它们
它们是我们想要捕获事物的无止无尽的欲望
看着它们我甚至能够想到死亡而全然不觉悲伤
我从不知道我爱宇宙

雪花在我眼前飘飞

不管是潮湿沉重的雪和干燥蔚蓝的雪
我不知道我爱雪

我从不知道我爱太阳
甚至当它樱桃红般沉落就如现在
在伊斯坦堡它常常显现在明信片的颜彩里
但你不会这样画它
我不知道我爱海
　　　　除了
　　　　Azov[1]海域
或还有多少

我不知道我爱云
我应该在它们下面或它们上方
它们是否看起来像巨人或长毛狗的白色兽群

月光是最不实在最迟滞最微末的布尔乔亚
打击我
我喜欢

我不知道我爱雨
　　不管它落下像一面网或淅沥哗啦打在玻璃窗

---

[1] Azov：音译为"亚速"海。

我的心离开我被高挂在网里或围捕在雨滴
里面并带到未知的国度我不知道我爱雨
但为何我突然发现所有的热情都出现在
从布拉格到柏林的火车车窗
是因为我点燃我的第六根香烟
一个人单独就能杀害我
是因为我已半死在我回顾莫斯科想到某个人
她的发如成熟的稻束金黄　　眼瞳郁蓝

火车奔驰在漆黑的夜晚
我从不知道我喜欢夜的漆黑
火星从引擎飞溅而出
我不知道我爱火星
我不知道我爱这么多事物而且必须等到六十岁
才在经由从布拉格到柏林的火车从靠窗的
位子往外看发现它
注视着世界消失一如在一趟没有回程的旅途

李敏勇　译